後宮妃の管理人 八
～寵臣夫婦は死力を尽くす～

しきみ彰

富士見L文庫

JN049504

目次

『後宮妃の管理人』登場人物紹介

珀皓月

大貴族の次代当主にして右丞相。皇帝の命で優蘭の夫となる。後宮で働くため、女装することに。

珀優蘭

大手商会の娘。根っからの商売人。詔令により皓月との結婚と、健美省での妃嬪の管理を命じられる。

> **健美省**
> 皇帝の勅命により設立された、後宮妃嬪の健康管理及び美容維持を目的とする部署。

絵：Izumi

皇帝

劉亮

黎暉大国皇帝。愛する寵姫のため、健美省に日々無茶振りをする。

四夫人

姚紫薔

貴妃。若くして貴妃に上り詰めた、皇后の最有力候補。

郭静華

徳妃。気位が高い保守派筆頭。実家は武官として皇族に仕える。

綜鈴春

淑妃。控えめな性格の美少女。実家は革新派のトップ。

史明貴

賢妃。皇帝の留学時代の学友。教養の高い中立派。

赤い髪が、好きだった。

藍《あお》い瞳が、好きだった。

だって他でもない、大好きな母が褒めてくれたものだったから。

特に藍い瞳は、母が宝物のように褒めたものだった。それもあり、母はその色と「立派で美しいもの」という意味がある珠という漢字を使ってわたしの名前を決めた。

しかしそれが嫌いになったのは、いつからだっただろう。

それは、母が絶望して、わたしのことを嫌いになったときだと思う。

赤い髪が嫌いになった。暴力を振るう母の顔を、思い出してしまうから。

『どうしてお前はそんな髪をしているのよ……！』

そう、なじられて、引っ張られるときの感覚を思い出してしまうから。だから藍珠《らんじゅ》はそれ以降、髪を染めるようになったのだ。事情を把握していた旅芸人一座の座長は、綺麗《きれい》な髪なのにもったいないと言いつつもそれを認めた。

そうすることで少しだけ、息がしやすくなった気がした。

――それと同じくらい、母を裏切った父が持つ藍い瞳も、嫌いになった。

『その目でわたしを見るな……っ！』

母も嫌った。だから余計に嫌いになったけれど、瞳の色だけは変えられない。だから仕方なく、藍珠は自分自身を偽ることにした。薄い膜一枚を隔てて人と関わることで、藍珠はようやく人並みに生きられるようになったのだ。

だから、そう。これからも、ずっと変わらないままだと、そう思っていた。

――けれど。

『余の茉莉花《まつりか》』

『今宵《こよい》、わたくしどもは宣言いたします。――健美省《けんびしょう》は、後宮の女性たち全ての味方であり、決して敵にはなり得ません！』

自分の心を揺する言葉に、人に出会った。出会ってしまった。

本当の自分を見せてもいい、見せたいと思える人たちに、出会ってしまったのだ。それはわたしの人生における、大きな変革だった。

そしてその言葉だけが、神美《じんび》のねばりつくような支配から耐えられた、ただ一つの理由だったの。

だからどうか、とただ願う。

赤と、藍。

そのどちらもが好きな藍珠《わたし》を、取り戻させて――

序章　寵臣夫婦、呼び出される

黎暉大国《れいきたいこく》の初冬。

その日は、例年と比べて木枯らしが早く吹いた。

そのため、黎暉大国の民たちは皆いつもより早く冬支度を始めたのである。

――そんな木枯らしの影響なのか。一難去ったはずの宮廷にも、大きな嵐が再びやってきていた。


まだ日も昇りきらぬ明け方だが、空は灰色の雲で覆われていた。

ここ連日、ずっとこの調子である。日差しを遮られているが、雨までは降らない。そんなどんよりした天気が朝から晩まで続いている状態だ。

大抵の人が思わず気落ちしてしまう天気の中、健美省《けんびしょう》――後宮の妃《きさき》たちの美容と健康の管理を任されている特殊部署の長官である珀優蘭《はくゆうらん》は、皇帝の執務室に呼び出されていた。

もちろん、夫であり右丞相《うじょうしょう》――二人いる宰相の一人である皓月《こうげつ》も一緒だ。

二人の表情が硬いのは、何もこんな朝方に呼び出されたからだけではない。

こんな時間に呼び出されるということは、それ相応の事態が起きているということだからだ。確実に急を要することが起きたという証《あかし》でもあるため、寵臣《ちょうしん》夫婦は道中の馬車内でも深刻な顔をしていた。

そんな緊張感の中、許可を取って入室すれば、そこには部屋の主人だけでなく左丞《さじょう》相《しょう》・杜陽明《とようめい》、禁軍将軍・郭慶木《かくけいぼく》、礼部尚書《れいぶしょうしょ》・江空泉《こうくうせん》、吏部侍郎《りぶじろう》・呉水景《ごすいけい》という五人がすでに集まっている。

優蘭が明貴《めいき》暗殺疑惑をかけられ、軟禁されることになったいつぞやの事件——通称『醜毒《しゅうどく》の乱』と呼ばれるもので事件解決のために奮闘した面々の集合に、優蘭は来て早々帰りたい気持ちでいっぱいになっていた。

ものすごい既視感だ。確か和宮皇国《かずのみやこうこく》との砒素《ひそ》問題で、第一皇女が売り飛ばされるようにやってきたときを彷彿とさせる。

次から次へと、一体どういう事件が……。

優蘭は既に現状で、面倒ごとに繋《つな》がりそうなことを一つ抱えている。

それは、今優蘭の懐の中にある文——それも、充媛《じゅうえん》たる邱藍珠《きゅうらんじゅ》から届いたものだった。

内容が内容なだけあり、優蘭一人が抱えきれるものではなかったのである。

そのため、そこにさらに負担になりそうなことが増えるとなると、頭が痛くなってくるのを感じた。

しかし今この場においてそれは重要ではない。そのため優蘭はひとまず、目の前のことに集中することにした。

優蘭が呼ばれたということは、つまり後宮に関係する事件なのだろう。

そう思っていたのだが、どうやらそういうわけでもないらしい。

微妙な表情をした空泉が、一通の文を見せてきた。

「今回皆様をお呼びしたのは、他でもありません。この文──杏津帝国《あんつていこく》使節団団長、王魅音《おうみおん》から秘密裏に送られてきたもののことで、ご相談したいことがあったからです」

予想だにしていなかった名前の登場に、優蘭のみならずとなりにいた皓月も驚く。

それもそのはず。王魅音は、夏頃に一度黎暉大国にやってきた杏津帝国の皇弟《おうてい》の娘だからだ。

優蘭だけでなく皓月にも馴染《なじ》みがある人物で、公女──皇弟の娘という立場にもかかわらず気弱で控えめな性格をしていた。

そしてそのせいなのか、自身の父の愛妾《あいしょう》である胡神美《こじんび》から虐げられているのではないか？　と思われる言動をされていたのだ。

また、父である王虞淵《おうぐえん》に罵倒されている場面もあった。自分自身の意見を持つ感じでもないため、腹の探り合いが必要な外交の場面では不利だろう。

それもあり、優蘭の中では正直、外交使節団の団長には向かない女性──そもそも皇帝側の人間がお飾りとして据えただけなので、外交能力は必要とされていないが——だという印象だったのだが。

しかし、そんな女性が秘密裏に文を送ってきたらしい。

それも、空泉がこうして人を集めるくらいなのだから、相当な内容だろう。

皓月もそう予想したのか、お互いに顔を見合わせてから、二人は見せられた文の書き出しを見た。

そして、思わず息を呑《の》む。

『どうか、お願いします。わたしを、亡命させてください』

少し拙い黎暉大国語で書かれていたことは、優蘭から見ても衝撃的な言葉だった。それもあり、思わず内容を口にしてしまう。

「亡命、ですか……?」

「はい」

「……あの、王公女がですか……? 間違いなどではなく……?」

「はい。残念なことに」

かなりしつこく聞き返してしまったが、答えてくれた空泉がそれを咎《とが》める様子はない。

あの無駄を嫌う空泉が、だ。そのことからも、この内容がここにいる面々にとって信じられないものだということは、明白だった。

　優蘭は思考する。

　……亡命？　しかも、公女という身分の女性が？

　しかも魅音はあの、長きにわたって戦争をしてきた上に、休戦協定が結ばれてから数年経《た》った今、ようやく国交を結ぼうとしている杏津帝国の公女だ。

　そんな魅音を迂闊《うかつ》に亡命させれば、再び二国間で戦争が始まってしまう火種になる可能性が高い。慎重に協議するべき案件だった。

　そう考えると、話をする人員を絞ったのは英断と言えよう。人の口に戸は立てられぬとはよく言うもので、話す人員が増えれば増えるほど、秘密というのは表に漏れやすい。それがたとえ、どんなに口が堅い人間だったとしても、だ。

　それでも、優蘭としては自身がこの場に呼ばれたことが意外だった。

　なので話が本格的に始まる前に、空泉に問いかける。

「その。私がこの場に呼ばれたのは、一体どういうわけでしょう……？」

　すると空泉は頷《うなず》く。

「わたしも話す方々に関してはかなり気を配りました。そこで、ちょうど仕事をしていらした杜左丞相に相談したのです。すると彼も珀夫人を呼んだほうがよいと仰《おっしゃ》いまして」

「うん、今回はできる限り、王公女と関わったことのある人に話を聞きたかったんだよ。だから僕のほうからも、珀長官を呼ぶことを勧めたんだ」

「そうだったのですね」

そう説明されて、優蘭は深く納得する。

確かに、魅音は虞淵や神美と違って、あまり積極的に話をする性格ではなかった。そのため、印象に残っている人は少ないだろう。

その観点でいくと、優蘭は確かに適任と言える。なんせ、官吏たちが外交施策について話し合う間に開いた茶会で、神美と魅音に注目していたのは優蘭だったからだ。

そして外交五日目の狩猟時に、父親から叱責された彼女を見ていたのも優蘭だった。そう考えると、ここに呼ばれた理由も納得できる。

他の面々も、関係者ということ以上に口が堅く信頼できる故に呼ばれたのだろう。

ひとまず話がついたところで、空泉が本格的に話を始めた。

「王魅音の要求はただ一つ。身の安全の保障です。その代わりに、杏津帝国内の王宮の事情についての情報を渡す……それが交換条件として挙がっていました」

「王宮事情、ですか……」

皓月が顎に手を当てて考える素振りを見せる。そして質問をした。

「王魅音がどれだけ王宮事情に詳しいのか、分かる資料などはあるのでしょうか？」

「そちらに関しても、王魅音が自ら提示しています」

そう言い、空泉は二枚目の紙を取り出した。

そこにはびっしりと、王宮内の勢力図や貴族たちの派閥、現在の内政状況などについてが、事細かに書かれていた。

遠目から見ても分かる詳細な情報に、優蘭はもちろんのこと、それを初めて見る者たち――皓月、慶木、水景も驚いている。

空泉はそれをたたむと、「これと同じだけの密度の文が、もう一枚あります」と付け加える。

「文の締めには『亡命が叶《かな》った暁には、これ以上の情報提供を約束する』ということが書かれていました」

「……それは、なかなかですね」

空泉の言葉に、皓月は絞り出すような声でそう告げた。

一方の優蘭は、想像以上に用意周到でありながらも、かなり切実な思いが感じられると思った。

同時に、違和感を覚える。

……あの方に、これほどまでのことができるだけの力があるのかしら。

優蘭から見て、魅音にその能力があるように見えなかった。こんな手際のよい資料を用意できるのであれば、祖国でももっとそつなくやれたのではないだろうか。

そう思ったが、空泉が議題にしたかったこともそこだったらしい。

「今回話し合いたいのは、この情報にどれだけの信ぴょう性があるか、です。情報の真偽に関してはまた別で探るとしまして……今回の議題は王魅音に『こんな大それたことができるだけの能力があるのか』『またどういった罠《わな》があるのか』……といったことを皆で話し合って、情報共有できたらな、と思っています。皆さん、よろしいでしょうか？」

その場にいる全員が頷いた。

そして、初めに話を促されたのは優蘭だった。

「その。正直なところ私には、王公女にそんな勇気があるとは思えません……」

「それはどうしてでしょう」

「外交時の狩猟の際に見ていらっしゃった方もいるかと思いますが……王公女は、父親である王虞淵から虐げられているようだったからです」

優蘭はそこで、茶会時の神美に対しての態度、また話すときのたどたどしさ、その当時の彼女の様子……そして狩猟時に、神美から目を離したことに関して叱責を受けていたことなどをできる限り丁寧に話した。

それがたとえ自身の主観だったとしても、今この場に必要だと感じたからだ。

それから、茶会で聞いた祖国で結婚の話が出ているということも改めて話す。皓月には伝えてあった内容だが、皆が共有しているとは限らないと思ったからだ。

それと同時に、違和感を覚えた点についても言及する。

「ですが、一点、気になる点もあります。なんといいますか……一度だけ、妙に探るような目で見られたことがありました。それが、なんだか印象に残っています」

「探るような目、ですか。それはいつのことでしょう？」

「狩猟の会場にいたときです。狩猟が始まる前の、ほんの一瞬なのですが……虐げられてきた方がする視線とは、なんだか違う気がして」

優蘭がそう感じた理由の一つには、巫桜綾《ふおうりょう》――春頃に和宮皇国から売り飛ばされる形で嫁いできた皇女の存在があった。彼女がその、虐げられてきた立場の少女だったからだ。

当時の桜綾は、自国の侍女頭の目を気にして敢《あ》えてわがままな姫君を演じていた。そこにあったのは誰が味方になってくれるのかという、怯《おび》えと期待が混じった視線である。

そして周囲からの優しさを受けて、彼女はそれを簡単に受け入れられなくて、逃げ出したのだ。慣れないものに触れたときの拒絶反応、のようなものだ。

たとえるのであれば、深手を負った獣のようなものだろうか。

ただ魅音からは、そういった独特の怯えも刺々《とげとげ》しさも感じられなかった。それが、優蘭が引っ掛かっている理由である。

そこまで口に出してから、優蘭はようやく、自身の心中にあった違和感を自覚した。

それを受けた空泉は、ふむ、と頷く。

「なるほど。珀夫人、ありがとうございました」

「いえ。主観ばかりが混じっていて、大変申し訳ないです」

「いえいえ、むしろわたしなどよりもよっぽど観察していらしていて、大変助かりました。わたしが一番王魅音と関わりがあるとは思いますが……お恥ずかしい話、あまり印象に残っていないのです。ほとんど何も話しませんでしたので」

どうやら、本当にお飾りの外交使節団団長のようだった。

そこで、優蘭は自身が呼ばれた理由を改めて自覚した。

また空泉がここまで注視しなかったのを見ても、魅音の存在は空気同然だったはず。

そっか。江尚書の中であまりにも印象に残ってなかったから、一人でも多く王魅音のことを知る人が欲しかったのね。

相手の意図を図る際、相手の性格や情報というのはかなり重要になってくる。それを踏まえて、どういう理由でそんな行動を起こしたのかと推測し、分析するからだ。

しかし王魅音の存在は、空泉にとってあまりにもとるに足らない存在、異分子だった。

そういう意味でも、王魅音の亡命という話は青天《せいてん》の霹靂《へきれき》、寝耳に水というわけだ。ある意味、不意打ちに成功したとも言えよう。

そこで優蘭はようやく、腑《ふ》に落ちた。割とどんなことでも自身で決断ができる空泉が陽明を頼ったのは、空泉自身にも想定外の事態だったからなのだ、と。

すると、陽明が口を開く。

「珀長官の意見をもとに……じゃあまず、王公女が亡命する利点について考えようか。僕としては、祖国に居場所がないというのが一番考えられる理由かなと思う」

「もしくは、政略結婚の相手が苦手な人物だから……というのもあるのではないでしょうか。外交五日目の狩猟時に、彼女が多くの武官たちに話しかけていたのは、彼らを誘惑して既成事実を作ってしまいたかったから、とは考えられないでしょうか」

そう言うのは、なんと水景だった。聞けば、その武官の一人と旧知だという。そのため、実際に彼から話を聞いたそうだ。

優蘭はその情報をこの場で初めて聞いたため、なおのこと驚いた。神美のほうが見目麗しく蠱惑《こわく》的な部分がある女性なので、そういった色仕掛けをしてきそうな印象があったからだ。

魅音の印象の変化に優蘭がますます混乱する中、他の面々が盛り上がっている。

「では、亡命することの危険性を。わたしからは、黎暉大国に亡命することが杏津帝国民にとっての不利益になると思っています。なんせ、ここではほとんどの人間が杏津帝国のことを嫌っていますから」

そう言うのは空泉だ。それに頷きながら、慶木が言う。

「江尚書の意見を踏まえた上で、もし祖国に居場所がないからという理由だったとすると、それは逆に不自然だと私は思う。何かもっと裏があるような気がしてならない」

「そうですね。ただ、彼女が送ってきたこの情報の真偽によって、その辺りの判断はだいぶ変わってくるかと……」

はなっから魅音を疑ってかかっている優蘭とは違い、官吏の面々が重要視するのはどうやら、そこのようだった。

そう。杏津帝国の情報である。

実際、黎暉大国側が今一番欲しているものは、杏津帝国側の情報だった。

それくらい交流がなく、また間者を送ろうにも顔立ちでばれて迫害されてしまう。それが、この二国間の歪《ゆが》みを明確に表していた。

そのため、もし魅音から有益な情報が得られるのであれば受け入れたい気持ちもあるのだろう。特に空泉からは、そういった思いを強く感じた。外交問題に頭を悩ませている彼としては、一つでも有益なものを得たいのだろう。

しかし優蘭としてはどうしても、その意見に賛同できなかった。

魅音が黎暉大国にやってくることで、後宮にいる妃《きさき》たちが幸せになれるとはどうしても思えなかったからだ。優蘭は改めて、自身との考えの違いというものを悟る。

そして思った。

やはり彼らには、優蘭が昨日受け取った面倒ごとに繋《つな》がりそうな案件——藍珠についての話は、できない、と。

そして黎暉大国の支配者であり、全てにおける決定権を持つ皇帝は、その話に耳を傾けているだけ。どうやら、自身の考えを口にする気はないようだ。

ある意味、いつも通りだというべきだろうか。

それからも話し合いは続き、日がだんだんと昇ってきた頃、ようやく話し合いという名の意見の出し合いは終わった。

結果、ひとまず魅音のことは次の会合までに情報収集して決める、という方針を固めた。これから秘密裏に動いていくらしい。

空泉、水景といった面々が仕事に戻るために次々と立ち去っていく中、優蘭は皇帝に頼んで少し時間を取ってもらった。

皇帝、陽明、皓月、そして優蘭だけがその場に残る。

普段であれば陽明と皓月にのみ助けを求めるところを、何故《なぜ》敢えて皇帝にまで残ってもらったのか。それはそれだけのことが優蘭の身に起きたということであり、同時に皇帝に強く関係することだからだ。

というより、これを私たちだけで判断することはできないし、最終的に陛下に判断を仰ぐことになるのだから……今日以上にいい機会はないはず。

そう思い、優蘭は口を開いた。

「皇帝陛下。一つ、ご報告したいことがございます」

「なんだ、申してみよ」

「はい。……充媛《じゅうえん》様に関してのお話です」

そうして、優蘭は懐から一通の文を取り出して、開いた。

そこには、こう記されている。

『胡神美は、黎暉大国だけでなく杳津帝国をも滅ぼそうと画策しています。彼女がそろそろ動き出すという情報を得ました。一度、わたしの話を聞いていただけませんか？』

第一章　妻、やらかし落ち込む

早朝から呼び出しを食らった日の午後。

優蘭《ゆうらん》は以前、明貴《めいき》を宮廷に連れ出すときと同じく宦官《かんがん》の服を着せて、藍珠《らんじゅ》を宮廷に連れ出していた。

まさか、二度もこの作戦を使う羽目になるとは。

そう思ったが、たとえ如何《いか》なる非常事態であろうとも、後宮に自分以外の男性を入れたくないと皇帝が駄々をこねたのだから仕方がない。

というよりその理論でいくと皓月《こうげつ》はどういう枠なのかという話になるのだが、聞いてもろくなことにならないと思ったのでやめておいた。

かく言う藍珠はというと、いつものように穏やかな笑みを張り付けている余裕がないらしく、硬い表情をしている。

しかし明貴のときのように「女性が男物の服を着ただけ」という感じではなく、ちゃんと「女顔の男性が宦官の服を着ている」ふうに見えているので、ひどく奇妙に優蘭の目に映った。まさか着こなしと態度だけでここまで変わるとは。

そんなふうに辿《たど》り着《つ》いた先は、皇帝の私室だ。体調が悪いということで人払いを徹底的に済ませてあるそこには、既に四人の男性と一人の女性の姿がある。

皇帝、陽明《ようめい》、皓月、そして郭《かく》夫婦——慶木《けいぼく》と紅儷《こうれい》だ。

慶木と紅儷に関しては、藍珠の文に『紅儷』の名とともに『話をするのであれば、彼女がいてくださったほうがいいかもしれません』と書かれていたからだ。

そのことから、藍珠が話そうとしていることが自身の過去であろうことは容易に想像できた。

それもあり、紅儷と一緒に色々と調べてくれた慶木も一緒にいてくれたほうがいいと優蘭と皓月が判断し、藍珠に許可を取ってここに呼んだのである。

本当は麗月《れいげつ》もここに呼びたかったけれど……彼女には色々と秘密も多くて、それを説明するとなると時間がかかるから、やるなら個別ね。

結果、藍珠の疑惑を既に話していた皓月、皇帝、陽明と調査を依頼していた慶木と紅儷、この五人と優蘭と藍珠、計七人がここに集められたのだった。

本当ならば目立たない夜に召集をかけたかったのだが、事態が事態なのでできる限り早く行動を起こせるように、と昼間になったわけだ。

肝心の藍珠は緊張した面持ちだったが、それでも。覚悟を決めた顔をして口を開く。

「あまり時間もないと思いますので、早々に本題に入りたいところなのですが……それより前に神美《じんび》との関係をお教えするために、わたしの過去についてお話しします」

そう話を切り出した藍珠は、皇帝に向かって頭を下げた。

「陛下。今まで黙っていて、大変申し訳ございませんでした。それと……そんなわたしを受け入れてくださったこと、それが一番嬉《うれ》しかった。それだけは、本当です」

「……ああ、分かっている。それに何を聞こうとも、そなたは余の茉莉花《まつりか》だ。案ずる必要はない」

「……はい、陛下」

ほんの少しだけ涙をにじませた声で頷《うなず》いた藍珠は、それでもすぐに切り替えて自身の過去を話し始めた。

「……わたしは、菊理州《きくりしゅう》の辺境沿いに住んでいた母と、杏津帝国《あんつていこく》出身の父の間から生まれた、者なのです」

そうして語られた話は、壮絶なものだった。

――藍珠が生まれたのは、ちょうど菊理州と杏津帝国の国境沿いで争いが続いていた頃。一応、手違いで生まれたというわけではなく、双方が愛し合って生《な》した子らしい。

何故らしいという曖昧な表現だったかというと、藍珠も父の顔を見たことがないからだそうだ。

出会いは、藍珠の母が住む村が杏津帝国の軍人たちに襲われていたところを、それを取り締まっていた別の杏津帝国軍人たちに助けられたことからだったようだ。乱暴されそうになっていたところを救ってくれた軍人に一目で恋をした藍珠の母。そして軍人――藍珠の父のほうも、藍珠の母に一目惚《ひとめぼ》れしたらしい。

まさに運命的な出会いと言えよう。

それが国や立場など関係がない状態であれば、なんの問題もなく進んだはずだった。

……しかし二人の立場は、国家間的に問題があるものだったのだ。

そんな二人の結婚を認める者はおろか、祝福する人などいるはずもない。

また父も母を助けてから少しして、祖国へ帰還することが決定したそうだ。一軍人たる男がその命令に背けるはずもない。

しかし父は「必ず迎えに来る」と母に約束して一夜を過ごし、別れた。

それから身ごもっていることを知った藍珠の母は、周囲の反対を押し切って家を出て、そこで出会った旅芸人一座に身を寄せ、雑用係を始めた。

そうして、旅芸人一座で働きながら生まれたのが藍珠だ。

「初めのうちは、母も優しく私を愛してくれました。愛おしい人との子どもでしたし、わたしの名前もそれにちなんで付けられましたし……迎えに来てくれることを信じていましたから。ちょうどその頃に、黎暉大国《れいきたいこく》と杏津帝国が休戦をしたのも、母にとっての希望でした」

そう淡々と語る藍珠の言葉に、優蘭はきゅうっと胸を引き絞られるような、そんな心地にさせられた。

努めて平静を装って語ってくれてはいるが、髪を染めてまで種族的な特徴を誤魔化し、今まで誰にも打ち明けなかったことを踏まえても、その心の闇は相当なものだろう。

そして淡々と語っていた藍珠の声音がわずかに強張《こわば》ったのを感じ、その闇がこれからやってくるのであろうことはなんとなく分かった。

その予想は違わず。

藍珠が「でも」と言葉を続ける。

「休戦協定が結ばれた後もまともに交流が進まず、近隣住民ですら互いの国に入れない状態が続いていくうちに、わたしの母はおかしくなっていきました。そして父と同じ目を持つわたしに、暴力を振るうようになった……」

どこか遠くを見ているように、最後の言葉はこちらに対してというよりも、思い出に浸るような形で呟《つぶや》かれた。

藍珠はそれ以上、自身が母にどんなことをされたのか話はしなかった。しかし彼女が赤髪を染めていることから見て、きっとその髪を見るのも嫌なくらいのことはされたのだろうと、優蘭は感じた。

そこでようやく、神美の名前が浮上する。

「神美と出会ったのはその頃でした。彼女も、黎暉大国民の母と杏津帝国民の父を持つ人でした」

彼女の場合は、母親が強姦《ごうかん》されて生まれた子らしいですが。

だから生まれたときから愛されず、かと言って死ぬこともできず。ただ母親の憎しみを晴らすはけ口として生きてきた。

そう苦々しい顔をしながら言った藍珠は、言葉を選ぶようにして続けた。

「わたしたちはそのとき、現実の苦しみから逃げるように、二人であることを始めたんです。……それは、二つ。一つ目は、同じ苦しみを分かち合うこと。……それも、物理的に、です」

藍珠はそう言うと、自身の手を見せた。そしてとんっと指で叩《たた》く。

「たとえば……片方が腕に傷を負ったとしたら、同じように傷をつけました」

一瞬、優蘭は藍珠が何を言っているのかよく分からなかった。

「……まるで双子のように振る舞い、同じものを食べ、同じものでいた。そうすることでしか、わたしたちは自分たちが抱える苦しみに耐えられなかったのです」

しかしその意味を理解した瞬間、じわじわと言い知れぬ恐怖のようなものが優蘭の足元からこみ上げてくる。

「それでもわたしは、両親を恨むことができませんでした。特に母は……優しい人だったのです。だから壊れてしまった。……だからわたしたちは代わりに、世界が……黎暉大国と杏津帝国が滅びることを願うようになったのです」

どうしてそんな思考になったのかは理解できないが、その憎しみが国に向くというのはそれ相応のものだろうと優蘭は思う。

藍珠自身もそれが子どもじみた思考だったと理解していたらしく、「子どもにありがちなものだと、私自身思っていました。なので神美がいなくなってからはすっかり忘れていたのです」と語る。

「けれど、神美は違った。自身の母が事故死した後、彼女は他所の旅芸人一座に引き抜かれて、その後もずっと、復讐心《ふくしゅう》を育てていたのです。そしてそれをつい先日、再会した際に知りました」

「……もしや、狩猟時に遭難した際にでしょうか？」

優蘭がそう問いかければ、藍珠は頷く。

「神美は昔と何一つ変わっていませんでした。そして彼女は、わたしが昔と変わらず、国を恨んでいると思っていました。……だからわたしは自分も同じであるように装って、神美がどんなことをしようとしているのか探ろうとしたのです」

その後の連絡自体は、偽名を使って文で行なっていたらしい。友人を装って書かれた他愛のない話の中に、子どもの頃二人で決めた暗号を忍ばせていたと、藍珠は懐からやりとりをした文を取り出しつつ語った。

その文を確認した優蘭は、確かにこの内容であれば宦官の検閲を逃れられるなと思う。

それくらい、書かれている内容は普通だったのだ。

「……そんな、間諜《かんちょう》のようなことを充媛《じゅうえん》様がなさらなくともよかったのですよ」

「いえ、珀《はく》長官。わたしでなければ、神美は心を開きません。だからこれは、必要なやりとりだったのです。……ですが彼女はわたしが自身と同じ考えであることを信じて疑っていなかったため……詳しい作戦などを聞くことはできませんでした。ただ、いつ、どんな方法でこの二国を滅ぼそうとしているのかについては、分かったのです」

「なるほど。方法を窺《うかが》ってもよろしいでしょうか。邱《きゅう》充媛」

「はい」

陽明の問いかけに深く頷いた藍珠は言う。

「春。神美は春に、黎暉大国と杏津帝国が戦争を起こすように仕向け、共倒れを狙っているようです。ですが……」

「何か、懸念でも？」

優蘭が問いかければ、藍珠は顔を俯《うつむ》かせつつ、頷く。

「もし神美が本当に二国を滅ぼそうとしているのであれば……戦争などというどちらかが生き残るかもしれない方法より、もっと別の方法を考えると思います。ただ、すみません。

神美はこれについて話してくれませんでした。ですからこれはわたしの、推測です」

そう言い切り、藍珠は皇帝と優蘭、そして他の面々の顔を順々に見ていく。

そして、頭を下げた。

「わたしはどんな罪を背負っても構いません。ただどうか、お願いします。この国を守ってください。そして……神美を、止めてください……！」

藍珠の悲痛な叫びが、皇帝の私室に響いた。

藍珠のことを見ながら、優蘭はちらちらと皇帝のほうを見る。

私が最初に答えてもいいけれど……初めに声をかけるべきなのは、陛下よね。

それはもちろん、この国の君主としても、夫としても、だ。

優蘭の答えは、何があろうと一つだ。しかし皇帝のほうは何やら思案するような顔をしている。そのため、優蘭はしばらく様子見をすることにする。

皇帝の態度もありしばらく場が静まり返っていたが、彼が口を開いたことでそれも終わりを告げる。

「……分かった。余はそなたを信じる」

「……陛下」

「こんな大勢の前で過去など話したくなかったことであろうに、この国を守るために……ありがとう、余の茉莉花。そなたの献身は、しかと受け取ったぞ」

「……い、え。もったいない、お言葉です」

皇帝の言葉に、藍珠はわずかながらも涙をにじませ、声を震わせる。

「ただ、次からは一人で抱え込むのではなく、相談してくれ。余はそなたに頼られたいのだ。男の見栄《みえ》を張らせてくれ」

「……はい、陛下」

そう言い、藍珠のことをそっと抱き寄せた皇帝を見て、優蘭は安堵《あんど》した。

よかったわ。陛下がここで充媛様を受け入れるという方針を取ってなければ、私としても今の考えをそのまま貫き通せるか不安だったから。

優蘭は後宮にいる妃嬪《ひひん》たちの管理人であるのと同時に、皇帝の臣下の一人だ。そのため、皇帝の意向によって自分の意思を捻《ね》じ曲《ま》げなければならないことは往々にしてある。

また今回は国そのものが関わっているので、優蘭の判断で他の妃嬪たちにも迷惑がかかる可能性もあった。だから優蘭は、皇帝の言葉を待ったのだ。

そこが解消されたのであれば、優蘭がするべきことは一つである。

優蘭は両膝をつき、跪拝《きはい》の礼を取る。

「陛下。健美省《けんびしょう》長官として、発言しても構いませんか？」

「許す」

「ありがとうございます」

そう形式上の許可を取ってから、優蘭は微笑《ほほえ》んだ。

「充媛様。健美省としても、陛下と考えは変わりません。充媛様がそう仰《おっしゃ》るのであれば、あなた様の意見を信じて動くのみです。以前宣言した通り、『我ら健美省は、後宮の女性たち全ての味方であり、決して敵にはなり得ません』ので」

「……こんなにも曖昧な、証拠とも言えない理由しか言えないのに、ですか？」

「ええ、もちろんです」

それに、と優蘭は言葉を結んだ。

「充媛様は決して、このようなことを冗談だとしても仰ったりはしない方です。それならば、私たちが調べて備える価値は十二分にあるかと」

そう言うと、藍珠はぽろりと涙をこぼした。

ふいにこぼれた涙に、優蘭は目を丸くする。

しかしそれは藍珠も同じだったようで、自身の目から零《こぼ》れ落《お》ちる涙に驚いている。

それでも藍珠は優蘭から目を離すことなく、じっと見つめてくる。

「……どうぞ、よろしくお願いいたします。珀長官」

その眼差《まなざ》しを真正面から受け止めながら、優蘭は「御意に」と頭を下げたのだった。

それから藍珠の母の名前や詳しい出身地、どの旅芸人一座と知り合ったのか。詳しい名前や場所という必要事項を聞くことになった。

また藍珠は自身の父親が杏津帝国民だという証拠として、首から吊《つ》り下《さ》げた小さな袋に入れられた金色の指輪を取り出して優蘭に渡す。

見れば確かに、この国のものではない。また石の部分が回転するようになっており、裏側には幾何学模様が描かれていた。

これは……おそらく、紋章ね……。

似たようなものは黎暉大国や珠麻王国《じゅまおうこく》といった諸国でも見かけるため、それがどういう模様なのか優蘭にも判断できた。ただどこの家門のものなのかは、詳しく調べる必要があるだろう。

優蘭がこれを皓月か陽明に預けて調べてもらってもいいかと尋ねると、藍珠は深く頷《うなず》いて言う。

「もちろんです。むしろそれが、杏津帝国側の協力者を得るのに必要になってくるかと思って、お渡ししました。父が本当に母を想《おも》っていたのであれば、協力してくれるはずですし……もしそうでなかったとしたら、きっと脅しの材料に使えますから」

容赦のない発言から見ても、藍珠が見た目以上に修羅場を潜《くぐ》り抜《ぬ》けてきた女性だということが分かる。

そうして退出、となったとき、「最後に一つ、よろしいでしょうか？」と皓月が手を挙げた。

「邱充媛。あなたは、王魅音《おうみおん》のことをご存じでしたか？」

何故《なぜ》皓月がそのようなことを聞いたのか。優蘭は瞬時に理解した。そして理解したからこそ、口をつぐむ。大事なことだったからだ。

だが当の藍珠は、どうしてそのようなことを聞かれるのか分からないといった顔で首を横に振る。

「いえ。今回、初めてお会いしました。神美からも、彼女に関しては何も聞いていません。……彼女がどうかしましたか？」

「……いえ、知らないようでしたらいいのです。ただの確認ですので」

「分かりました。……お手数をおかけしますが、よろしくお願いします」

それだけ言い残し、藍珠はこのまま宦官《かんがん》たちに連れられて退出となる。本来であれば、ここにいてはいけない人間だからだ。

――そうして藍珠の気配が完全になくなったとき、陽明が口を開いた。

「さて、と。まず、状況を整理しようか」

その言葉に全員が頷くと、陽明が改めて、この場にいる全員に説明するように語り出した。

「現状、浮上している問題は二つ。一つ目は『王魅音に亡命を望まれていること』。二つ目は『杏津帝国との開戦を誘発されそうになっていること』だ」

それを受けた皓月は、さらさらと木簡にそれらを書き込み、まとめていく。慣れた様子に、この二人が今までこういった役割分担で会議を行なってきたことが容易に分かった。

それに感心しつつも、優蘭は頭を回転させる。

一方の陽明は皓月の進行具合を確認しつつも、話を続けた。

「僕は、この二つには深いかかわりがあると考えている。なんせこんなにも同じ時期に起こったのだからね。そしてここで問題になるのは——王魅音と邱充媛。二人がもたらした情報の信ぴょう性だと、僕は思う」

「……なんだ、陽明。余の茉莉花《まつりか》を疑っているのか？」

「申し訳ございません、陛下。ですが僕は何も、邱充媛が嘘《うそ》を言っていると思っているわけでも、王魅音が嘘を言っていると思っているわけでもありません。どちらの情報がより、黎暉大国を守る力になるのか。そこを気にしているのです」

確かにここまでくると、どちらが信用に足る人間なのかということよりも、彼女たちがもたらした情報にどれだけの信ぴょう性があるのかが重要になってくるだろう。

なんせ、国そのものが関わってくるのだから。

そう言うと、皇帝は不満そうな顔をしつつも腕を組み、無言で頷く。

ただ今回ばかりは、優蘭も皇帝側の意見だった。

だって私は、後宮妃たちの管理人ですもの。

優蘭が藍珠の言葉を信じないで、一体誰がその役割を負うのだろうか。

魅音に関しては祖国での扱いを同情こそするが、それを理由にここまで器用に策を企て亡命できる人間かというと、正直疑問が残る。そのため優蘭は、藍珠の言葉を信じて行動を起こすつもりだった。

それもあり、優蘭は片手を挙げた。

「杜左丞相《とさじょうしょう》。一つよろしいでしょうか?」

「珀長官。どうぞ」

「私……ひいては健美省は、今回全面的に充媛様の言葉を信じて調査に当たるつもりです。それで構いませんか?」

「もちろんだよ」

すると、陽明はあっさりと許可を出した。

もう少し諭されるものかと思っていた優蘭は、あまりにもさっぱりした物言いに目を見開く。しかし陽明の考えは違っていたようだ。

「というより、珀長官の立場ならそうするのが正しいからね。むしろその方針にしないことのほうが問題かな」

「……なるほど。以前杜左丞相が仰っていた、役割の違いというものですね」

以前、優蘭が空泉《くうせん》の「大のために小を犠牲にする覚悟をして欲しい」という意見に共感できずもやもやしていたときに、陽明が言ってくれたのだ。

『どういう意図であれ、あなたが後宮でやることは変わらないから』

そう。どこへ行っても、優蘭が健美省長官としてやることは変わらない。

個を守るために、周りにできる限り配慮した上で全力を出すことだ。

それは、陽明が改めて示してくれた健美省の道標となった。

そのときのことを思い出しながらそう言えば、陽明は頷いた。

「うん。だから珀長官の、邱充媛を守るために行動を起こそうとしているその姿勢は、何も間違っていないよ。むしろあなたが邱充媛関係のことを全て引き受けてくれるからこそ、僕たちは王魅音の調査に全力を出せる」

「……はい」

優蘭が姿勢を正して頷けば、陽明は笑みを浮かべながら皓月を見た。

「ただささすがに、健美省だけで邱充媛関係の調査をやるのは大変だから、皓月くんも珀長官の手伝いをしてあげて」

「分かりました」

「珀長官を含めた健美省は、後宮業務をしつつも邱充媛が渡した指輪から、彼女の父親に関する情報を中心に集めて欲しい」

「はい」

陽明が直々に皓月をつけてくれたことに、優蘭は安堵した。

杜左丞相の仰る通り、さすがに私だけでは限界があるもの……。

特に今回、藍珠が渡してくれた紋章入りの指輪を調べるには、優蘭が持っている人脈や情報だけでは無理だ。そういう意味では、皓月は最強の補佐と言えるだろう。

優蘭が安心している間にも、陽明はてきぱきと割り振りをしていく。

「慶木くんも、郭夫人と一緒に邱充媛の身辺調査をお願い。前よりも情報が手に入ったから、知っている人にも出会えるだろうし」

「分かりました」

「そして僕は、空泉くんたちと一緒に王公女についての情報を調べて、ここにいる皆に共有する役を担おうかな」

「……杜左丞相。江尚書《こうしょうしょ》に、充媛様の件はお伝えしますか？」

優蘭は思わず、陽明に問いかけていた。

ここで言う『充媛様の件』というのはそのまま、藍珠の過去そのものを空泉に伝えるのか、という意味である。

優蘭がここまで空泉に対しての忌避感を抱いているのは、藍珠の過去を知った空泉ならば確実に、もしものとき藍珠を利用しようとすることが分かっているからだ。

皇帝の寵妃《ちょうひ》という立場があるから、最初からそういった意見を押し出そうとはしてこないだろうけど……もしものとき、あの男は絶対に充媛様を犠牲にする。

どんな理由であれ、藍珠は黎暉大国民と杏津帝国民の間に生まれた子どもだ。その希少性は言うまでもないだろう。

すると陽明は困ったような顔をして少し逡巡《しゅんじゅん》した後、頷く。

「うん。陛下の許可をいただけるのであれば、僕から彼に伝えるよ」

そうして陽明は皇帝に目配せする。

皇帝も陽明同様、少しだけ逡巡した後、渋々、といった体《てい》で頷いた。

それを見た陽明は「見ての通り」という顔をして苦笑した。

「珀長官が懸念していることも、分かるよ。空泉くんはもしものとき、邱充媛を利用するだろうね」

「……おい、陽明。余の前でそれを言うのか？」

「陛下がいらっしゃるからこそ進言しているのです。ご自身の愛されている方と、国。それらを天秤《てんびん》にかけたとき、どちらを選ばれるのか……官吏たちはそういった点も含めて、陛下を見ております。それだけはお忘れなきよう」

「……相も変わらず、手厳しいな。そなたは」

寵妃か、国の安寧を守るか。

前者を取れば愚帝と呼ばれ、後者を選べば自分自身が苦しむ。

それは権力者ゆえの、必然的な悩みだろう。

まあ、これだけ寵妃がいる皇帝に対して、同情したりなどはしないが。

だって、自業自得だし。

それよりもやはり気になるのは、空泉が藍珠をどう扱うかについてである。

「……江尚書は、充媛様をすぐに利用したりしないでしょうか」

そう問いかければ、陽明は首を横に振った。

「さすがの空泉くんも、陛下の寵妃をすぐに利用したりはしないよ。というよりそう考えると、邱充媛が陛下の寵妃で良かった、と言うべきだね。それに、空泉くんに知らせることが今回の調査に役立つこともある」

「……役立つ、ですか？」

「うん。外交関係の資料は、基本的に礼部《れいぶ》の保管庫に納められているんだ。必要なら各々、許可を取って複写する形だね」

「そうですよね」

健美省の資料というのは、内侍省《ないじ》――宦官や女官たちの勤め先を含めた一切合切を取り仕切る部署――のものを複写していることが多い。そのため、勝手自体は理解していた。

優蘭のその様子を確認しながら、陽明は頷く。

「うん。特に杏津帝国関係の資料は、最近交流を始めたこともあり礼部にしかないんだよ。そうなると、礼部尚書の許可は必須」

「あ……」

「僕が無理やり押し通してもできないことはないけど、今はわざわざ、礼部との間に亀裂を生むようなことをやるべきじゃないから。それに、空泉くんに知らせることで、珀長官……邱充媛側の利益になることもある」

「なんでしょうか？」

「空泉くんが、情報を出し渋らなくなるところだね」

「……確かに」

藍珠が本当に杏津帝国の人間との間に生まれた子どもであれば、その父親を探し出すことで礼部だけでなく国にとっての利益に繋《つな》がる。

そしてそれは優蘭だけでなく、藍珠の願いにも直結することだろう。彼女自身がそれを利用してくれと、優蘭に指輪を託してくれたのだから。

それを聞いた優蘭は、ふう、とばれないように息を吐いた。

そして陽明を見て、頷《うなず》く。

「……分かりました。江尚書へのご報告は、杜左丞相にお任せいたします」

「うん。……それと、これはここにいる皆に。僕は両者の情報を一挙に引き受けてる。だから何かあれば、必ず僕に報告をしてね」

『御意に』

陽明の言葉に、その場にいた皇帝以外の全員が頷いた。

こうして最も頼りになる上官がさくさくと指揮を執ってくれるのを見ていると、安心する。どうやら無事に役割分担ができたようだ。

優蘭がほっとするのも束《つか》の間《ま》、陽明がいつになく真剣な表情で告げた。

「僕らに残された時間はあまりに少ない。だからできる限り迅速に事に当たって欲しい」

『はい』

「……ということで、陛下。解散ということでよろしいでしょうか」

そう言うと、皇帝は頷きこの場にいる全員の顔を見た。

「この国を……ひいては余の茉莉花の献身を無駄にしないためにも。頼むぞ、皆」

『御意に』

この言葉を合図に、全員はそれぞれの仕事にとりかかった。

そして優蘭と皓月も、順番に外に出る。

見上げた空はどんよりと重たく、今にも雨か雪が降り出しそうな色をしていた。

＊

そうして、それぞれが『国を守るため』という共通の認識を持って仕事に当たってから、三日が経《た》った。

――今日も今日とて曇り空の中、優蘭と皓月は揃《そろ》って右丞相《うじょうしょう》の執務室にいる。

時刻は昼過ぎだ。

本来ならば部屋の主の性格そのままに、整理整頓が行き届いた仕事部屋なのだが、今日はひどいことになっている。

あちこちに書物や木簡を束ねたものが散乱し、積み重なっているのだ。今にも崩れ落ちそうな山がいくつもあるが、それを気にかけている余裕すらない。

そして、その部屋の状況を示すように、優蘭と皓月も死んだような顔をしていた。

優蘭は今にも雪崩が起きそうな卓上に突っ伏し、皓月は膝の上で手を組んで俯《うつむ》いている。状況を簡単に説明するのであれば、「燃え尽きた」というのが正しいだろう。

卓の上で突っ伏しながら、優蘭は思う。

まさか、この紋章を探すのにこんなにも苦労するだなんて……予想外だわ。

紋章というのは、わざわざこうして書物に残すくらい重要視されている、家を表しするしだ。特徴としては、『一族で受け継がれる』という点である。

黎暉大国にも家ごとの紋章というのがあるが、それとは比べ物にならないくらいの数と種類が杏津帝国にはあった。

何故《なぜ》そんなにも数が多いのか。それは、『形を変えつつ一族で継承される』からだ。

そのため、結婚すると夫婦の紋章を組み合わせたものが使われる。そしてそれを利用する場合は然《しか》るべき機関にきちんとした届出を出す仕組みなのだとか。

なので、調べれば調べるほど似た紋章が山のように出てくる。

また黎暉大国では馴染《なじ》みがないが、封蠟《ふうろう》と言って、手紙や封筒を閉じる際に使われる封蠟印にも簡略化された紋章を使った図案が記されており、それも記録されているというので、それはそれは膨大な数の中から探す羽目になったのだ。

幸いだったのは、杏津帝国との外交を始めたこともありそういった紋章の情報も含めて、黎暉大国に届いていたことだろう。また紋章というのは全て記録されるものなので、優蘭たちとしても探す当てがあり助かったと思っていたのだ。

紋章を実際に調べる前までは、だが。

そういった事情もあり調べるのにも一苦労の状況なのだが、今日、ものすごい事実が判明してしまった。

――そもそも藍珠が持ってきた指輪のしるしが、紋章に使われる規定を満たしていなかったのだ。

「紋章と思っていたものが、まさかなんにも関係ないものだったなんて……」

思わず本音が口からこぼれる。それを拾った皓月は、力なく頷いた。

「最初に、その辺りの規定を調べておくべきでしたね……まさか、紋章として扱われるのは必ず、盾を背負っているものだとは……想像もしていませんでした」

皓月の言う通り、杏津帝国で使われる紋章というのには、図案に決まりがあった。

それは必ず、盾が使われるということ。

その盾を囲う形で動物や飾りといったものが付き、一つのしるしとして成立する。それが紋章というものだったのだ。

どうして盾なのかに関しては、騎士文化の名残だとか。

まあとにかく、骨折り損のくたびれ儲《もう》けだったことには変わりないわ……。

しかもこれの何が腹立たしいかというと、優蘭がきちんと事前に下調べをしていれば、防げたはずの過ちだった、という点だった。

本来ならばきちんとそこを調査するところ、しかし今回は慣れぬ紋章という文化に、完全にしてやられた。

優蘭がよく取引をしていた珠麻王国にも紋章はあったが、ここまで厳密に定められたものではなかった。そういった慢心もあり、優蘭もすっかり下調べをすることを忘れていたのだ。

それでこの大切な時期に三日もの時間を無駄にしたのだから、たまらない。

優蘭は、こういう形での無駄がこの世で最も嫌いなのだ。

それもありいつも以上に落ち込んでいた優蘭は改めて、藍珠から渡された指輪を指先でつまんだ。

意匠自体は、至極簡素な作りだ。指輪自体は金でできており、台座には藍玉がはめ込まれている。その台座部分を回すと、模様が描かれたものが現れる、という形だ。

そして肝心の紋章のような模様は、木が背後にあり、手前に王冠を被《かぶ》った馬のような生き物がいるというものだ。

ただこの馬、普通の馬とは少し変わっており、額部分に一本の角らしきものが生えている。この角がなんなのかは分からないが、杏津帝国独特の生き物であることに変わりはないだろう。

指輪に刻まれているということで簡略化されているのでは？　とも思い木と馬らしきものの図案がないかと調べたものの、見つからず。

そしてその後に、紋章にも決まりがあるのだということを翻訳されかけの紋章に関する資料を読んで気付いた、というわけだった。

模様以外で気になる点があるとすれば、指輪の内側にも何か記されている点だろう。おそらくは杏津帝国語だが、優蘭は周辺諸国の中でも杏津帝国語だけは勉強したことがないので、分からない。

けれど、成金《なりきん》みたいに装飾がごてごてしているわけではないし、何よりきちんとした藍玉と、金で作られているのよね……絶対にいいところの貴族とかが作ったものだと思うのだけれど。

商人ということもありこういった装飾品の真偽や質を確かめる審美眼は、持ち合わせているつもりだ。そのためこれを藍珠の母に渡したその軍人というのは、それ相応の家柄の貴公子だったのではないか、と優蘭は推測する。

また内側に記されていた数字はおそらく何かの記念のために刻まれた年代だと思うので、作られてから少なくとも三十年ほどは経っていることが分かった。

ただ男性が使うにしては細身で輪っか部分自体も小さめなので、きっと女性のために作られたものだ。

一体どういう意図で藍珠の母に贈ったのかは定かではないが、きちんとしたものだと思うのだが。

文化圏の違いですでにやらかしてしまった後だから、今私が抱いている価値観そのものが間違っている可能性も否定できない……。

久々に初歩的なやらかしをしてしまった優蘭は、すっかり弱気になってしまっていた。

皓月もかなり参っているようだったが、気づかわし気に優蘭に声をかける。

「……優蘭。どちらにせよ、一度杜左丞相にご報告しなければならないと思います」

「……そう、ですね……」

三日前、陽明から「何かあれば必ず自分に報告して欲しい」と頼まれている。そしてこれは確実に早急に報告をし、方針を変えるべき案件だ。

そう思うのだが、あんなに藍珠を信じて全力を出すと豪語した後だと、大変気まずい。

気まずい上に情けなかった。

そう思い項垂《うなだ》れていると、ぎしっと音が聞こえた。顔を上げてみると、皓月がとなりに移動してきている。

「優蘭が躊躇《ためら》う気持ちも理解できます。ですがここは素直に助言を求めたほうがいい案件かと思います」

「……そうですね。このままでは二進《にっち》も三進《さっち》もいきませんし」

どんなに悔しくとも、誇りを傷つけられたとしても。そういうときにちゃんと頭を下げられる。自身の不出来を認められる。それは、優蘭たちのような上の立場の人間に必要な要素だ。

特に今回は初歩的だが、文化圏の違いという形で起きたものである。ならばここでうじうじとしているよりも、助言を求めたほうがよっぽど建設的だろう。

また皓月の言葉もあり、優蘭も覚悟が決まった。

だって、私と同じぐらい疲れているはずの皓月が慰めてくれているのだもの！　私がいつまでもうじうじしていられないわ。

何よりこれは、藍珠だけの問題ではない。黎暉大国に関係する問題だ。

そして同時に、藍珠の命運がかかった問題でもある。もし彼女がもたらした情報が事実でなかったとすれば、それ相応の罰が与えられるからだ。

たとえばそう、密《ひそ》かに杏津帝国と内通して、黎暉大国を混乱させようとしていた、とか。

事実、そうとも取れる証拠として、藍珠が提出した文が出てきている。

現在ようやく一歩踏み出したこの両国間で、元友人とはいえ黎暉大国の寵妃《ちょうひ》と杏津帝国皇弟《おうてい》の愛妾《あいしょう》が極秘裏にやりとりをする。

これがどれほど黎暉大国を、そして諸国を揺るがすことなのか。優蘭では想像もできない。できないが、確実に争いの火種になることだけは分かった。

そして藍珠自身も、それを理解している。

だから、自分はどんな罰を受けてもいいと言ったのだ。

そんな充媛様の献身に報いたい。だけどそのために、気負いすぎていてはだめよ。

優蘭は、自分自身にそう言い聞かせた。

いつも以上にやる気を出して……それこそ死力を尽くしてでも藍珠が引き出してくれた

情報の真偽を測る必要がある案件ではあるが、かと言って力が入りすぎれば今回のように初歩的な過ちを犯す。

今回はまだましだが、これよりもひどいことをしてしまったときは目も当てられない。なのでここで失敗を犯したことはよかったのだ、と前向きに考えることにした。

もちろん焦りすぎてもいけない。焦りすぎると視野が狭くなり、思考の幅もなくなるからだ。

そう自分に言い聞かせてようやく、優蘭は少しだけ落ち着くことができた。

同時に、ふふ、と笑う。

「なんと言いますか……皓月は以前の私に似てきましたね」

「そうでしょうか？」

「はい。昔の私は、目的のためなら恥も外聞も捨てて頭を下げていましたから」

ここで言う昔というのは、後宮の妃嬪《ひひん》たちの管理を命じられたとき……つまり一年と少し前のことだ。

あの頃の優蘭は、弱った鈴春《りんしゅん》を助けるために紫薔《ししょう》に頭を下げて、侍女たちを貸してもらった。それを考えると、今の優蘭にはそういう部分が抜け落ちている。

そう言えば、皓月が不思議そうな顔をして首を傾《かし》げる。

「それは、優蘭の立場が変わったからでは？」

「……それはそうですが……」

「同時に、守るものが多くなったという意味でもあります。実際、今の優蘭が頭を下げることの意味はだいぶ変わったと思います。それは決して悪いことではありませんよ」

「そう言ってもらえたら、ほっとします」

「それに」

皓月は言葉をそこで区切ってから、にこりと微笑《ほほえ》む。

「それはつまり、優蘭に似るくらい一緒に時間を過ごしてきたということですよね。それならば、わたしとしても嬉《うれ》しいです」

「……はい」

またこういうことをさらりと、笑顔で言う。

そう思った優蘭だったが、しかし悪い気はしないので顔を赤らめつつも頷《うなず》いた。

そうしているうちに気持ちも落ち着いたので、陽明のところへ二人揃《そろ》って向かう。

運がいいのか悪いのか。

陽明の執務室にはちょうど、空泉がいた。どうやら何か報告していたらしく、手には書類が握られている。

そんなわけで、優蘭と皓月は空泉がいる中、陽明に報告をすることになったのだった。

——二人から事情説明を受けた陽明は、神妙な顔をして頷いた。

「そっか、二人ともご苦労様。その辺りの文化的事情に関しては、僕も未《いま》だに把握しきれていないからな……これればかりは仕方ないね」

「いえ……面目次第もありません」

優蘭がそう口にして頭を下げると、空泉が意外そうな顔を見せる。

「珀夫人も、そのような初歩的な失敗をするのですね」

この人、私のことをなんだと思っているのかしら……。

少しばかりイラッとしたが、しかし失敗をしたことに関しては弁明の余地がないため、優蘭はぐっと堪える。

そんな優蘭の心境など知らず、空泉は「こちらのほうでは収穫がありました」と口を開いた。

その言葉に、皓月が空泉を見る。

「収穫というのは……王公女に関してでしょうか？」

「そうです。まだ調べ始めてから三日ほどですが……彼女には利用価値がありそうだと私は見ています」

空泉がそこまで断言するほどの情報が、この三日で出てきたというのだろうか。

優蘭は少なからず驚いた。

すると、空泉が手元の書類を優蘭と皓月に渡してくる。それを受け取り、目を通している間に、空泉は話を続けた。

「この書類にまとめた通り、王公女はご自身の父親が率いている過激派の情報も知っていました。そうであれば、他に送ってきた情報の信ぴょう性も高まるかと」

資料を見ればどうやら、魅音が知っていた情報は秘匿性が高いものだったようだ。

そして空泉はそれを事前に、杏津帝国側から伺っていたらしい。今回の情報というのは、そこからなようだ。

空泉が言うには、杏津帝国の穏健派が「自分たちは黎暉大国と敵対する意思はない」というのを見せるために行なったことだろう、とのこと。

また空泉が聞いていない過激派の情報もあり、これが事実であれば穏健派である皇帝側とも円満に話をつけられるのではないか？　と空泉は睨《にら》んでいるらしい。

そこから推測すると、それ以外の穏健派に関しての情報も、事実である可能性が高いのではないか？　というのが、空泉の考えだそうだ。

「もちろんわたしも、王公女が出してきた情報全てが事実であると考えているわけではありません。おそらく虚言も含まれているでしょう。ですが、王公女の有用性については十分実証できるかと」

「……そうですね」

「はい。それもあり、現在礼部では調査を継続しつつ、今まで避けてきた杏津帝国に外交使節団を送ることを検討しています。……これ以上延ばしても、向こうの心象を悪くするだけですしね」

そう。黎暉大国側は今まで、杏津帝国に使者を送ったことがない。基本的に杏津帝国側が黎暉大国に使節団を送り、夏から交流を深めてきたというのが現状だった。

それは杏津帝国側の過激派を懸念してのことでもあるが、空泉が慎重を期して時機を見計らってきた、ということでもある。

つまり空泉は、魅音がもたらした情報の信ぴょう性を確かめようと動く程度に、魅音の情報を信じているということだ。

すると、空泉が皓月を見た。

「そして今回の使節団ですが……団長を、珀右丞相にお願いしたいと考えているのです」

「……わたしに、ですか？」

「はい。杜左丞相とも話し合ったことです」

優蘭は思わず、皓月のことを見た。

一方の皓月は、空泉からの視線を真正面から受け止めている。

「向こうが皇族を代表に出して外交を行なってきている以上、こちらもそれ相応の態度で臨まねばなりません。しかし陛下の御子は幼く、親類縁者なども適応年齢の方がいらっしゃいませんので……向かうのであれば珀右丞相が良いという話になりました」

それを聞いた優蘭は、ちらりと皓月を見た。

確かにその観点でいくと、その選択は正しいわ……。

陽明は高齢ということもあるが、今回の調査における中心人物ということからも分かる通り、今欠けると困る人間だ。

また若手の出世頭として、皓月に目に見える実績を積ませて、これからの道のりを均《なら》しておきたいという気持ちもあるだろう。

それに皓月に経験を積ませ、より宰相らしく皇帝を支えてもらいたい、という考えは少なからずある。その踏み台として、杏津帝国との外交問題を片付けるのは、皓月にとって必ず利益になるはず。

つまりこの打診を、皓月が断れるわけがないのだ。

だからこそ、優蘭の胸には不安がよぎる。

今まで、長期間離れたことはなかったけれど……今回はそうなるのね。

皓月がそばから離れることの不安もそうだが、相手が杏津帝国……しかも、今こうして戦争が起きかかっている国、というのが本当にたまらない。

それもあり、顔をこわばらせていると、皓月はにこりと微笑みながら言った。

「陛下からのご命令であれば、喜んでお受けいたします」

「それは良かったです。ですのでぜひ、使節団関係の話し合いをするまでに、今お抱えになっている仕事を片付けていただきたいのですが……」

すると空泉が、困ったように笑う。

「ですが……どうやら邱充媛の発言には、あまり正当性がないようで」

「……それは」

「しかもその感じですと、邱充媛が胡《こ》書記官と結託している可能性も高いのでは？」

優蘭はぐっと拳を握り締めた。

藍珠の覚悟すら馬鹿にされたような気がして、頭にかっと血が上りそうになる。

落ち着きなさい、珀優蘭。私がここで江尚書に食ってかかっても、なんにもならないわ……！

そんな優蘭の努力を無為にするように、空泉は首を傾げる。

「珀夫人。ご自身が掲げられた目標を守ること自体は、大変尊いかと思いますが……それを利用されているようでは、それもいかがなのでしょう？」

がつん、と。頭を殴られたかのような衝撃を受けた。

確かに、その可能性は念頭に入れて動いている。優蘭とて、そんなことは織り込み済みだ。

しかしまるでこちらを諭すような言い方だけは、許容できない。

そう思い口を開こうとした瞬間、となりから低い声が響いた。

「……まだ三日しか経《た》っていません。それだというのに決めつけるように言うのは、いささか視野が狭すぎるかと思いますよ。江尚書」

それは、皓月だった。

彼は低く唸《うな》るような声音で、空泉に向かってそう言う。それは、地を這《は》うようで迫力が違った。

それは空泉も同じだったらしく、皓月の雰囲気に呑《の》まれて目を見開いている。

静まり返った場で最初に口を開いたのは、部屋の主人である陽明だった。

「……皓月くんの言う通りだ。まだ断定するには早いと思うよ、空泉くん」

「……はい」

「ただ、邱充媛がもたらした情報の正当性を裏付ける打開策がないようなら、それまでだ。皓月くんもその辺りは分かっているよね」

「もちろんです。その上で一点、確認があります。もし外交使節団を杏津帝国に送るのであれば、いつ頃を目処《めど》にしていますか？」

「まだ仮定の段階ですが……向こうとしては、新年辺りで再度交流を深めたい、とのことでしたね。となると出発は、十二月半ば辺りになるかと」

「……分かりました」

皓月が何やら思案顔で頷くのが見える。どうやら、何か考えがあるらしい。

その考えを聞く前に、皓月は陽明のほうを見て微笑んだ。

「杜左丞相。本日は妻とともに、この辺りで一度帰宅させていただいても構いませんか？」

「……そう、分かった。お疲れ様」

え。

困惑する優蘭をよそに、陽明はあっさり皓月の意見を認めた。空泉もこれ以上話はない、という感じでさらっと流すため、優蘭だけがついていけていない。

皓月はそんな優蘭を促しつつ颯爽《さっそう》と部屋を後にする。

後宮に置いていた荷物を宦官《かんがん》に届けてもらってから、早々に馬車に乗せられた優蘭は、「どうして帰宅したかったのか」を尋ねた。

しかし帰ってきた答えは「ひとまず、帰宅してわたしがあるものを確かめてからでもいいですか？」で。

そこまで言われてしまえば、優蘭も何も言えない。

――そして皓月がその『理由』について語ってくれたのは、夕方頃。

珍しく、空がわずかに晴れて雲が桃色がかった灰色に染まっていた頃だった。

「お待たせしました。少し、文を確認していました」

そう言い、皓月は一人居間でくつろいでいた優蘭のところへやってきた。

侍女頭である湘雲《しょううん》にお茶を淹《い》れてもらい、それで一服していた優蘭は、首を傾《かし》げる。

「文、ですか」

「はい。仕事関係ではなく個人的な文なので、屋敷《やしき》で保管していまして……」

ああ、なるほど。だから一度帰宅したいなんて言ったのね。

優蘭はそこでようやく、皓月の行動の意味を理解した。

しかしここで問題となるのは、皓月が一体どんな理由で文を確認しようと思ったかだ。

話の筋からして、藍珠に関係あることだと思うのだが。

そう思った優蘭をよそに、皓月はとなりに腰掛けてからにこりと微笑《ほほえ》む。

「優蘭。わたしと一緒に、珠麻王国へ行きませんか？」

「……え？」

どういうこと？

優蘭が目を丸くする中、皓月は優蘭の手を取り、ぎゅっと握りながらいい笑顔を見せるだけだった——

第二章　寵臣夫婦、国境にて情報を集める

ガタゴト、ガタゴト。

馬車が揺れる。

しかしそれは普段乗っているような人が乗ることを前提とした馬車ではなく、貨物用の荷馬車だった。

しかもこれは、玉《ぎょく》商会——優蘭《ゆうらん》の実家が所有する荷馬車である。

その荷馬車に申し訳程度についている座席に、優蘭は久しぶりに座っていた。

ただいつもと違うのはそのとなりに皓月《こうげつ》がいることである。

二人はいつもの美しい装いではなく、庶民たちが着るような簡素で動きやすく、安い衣を身にまとっていた。

優蘭が商人時代、道中でよく着ていたものだ。

もちろん商談相手の前ではもっと上等なものに着替えるが、道中は汚れや盗賊対策もあり、これくらいのものが好まれる。

そのため、二人はぱっと見、玉商会に所属する商人に見えた。

もちろん、皓月からは隠し切れない品格が見え隠れしているのだけれど……。

服装さえ変えればある程度擬態できることは、後宮にいたときから知っていたが、やはり滲《にじ》み出《で》る品位というのは所作から現れるものらしい。

そんなところに感心しつつも、優蘭は視線を前に向けた。

そこにはなんと、優蘭の父・玉博文《はくぶん》が座っている。

中肉中背、髭《ひげ》を蓄えている点以外は特出したところがないその顔は、優蘭にも大変馴染《なじ》みがあるものだった。

「いやぁ、優蘭とこうしてまた買い付けに行けるなんてね……本当に嬉《うれ》しいよ……」

「いえ、お父様。これは買い付けではなく……」

「ええ～？　でも優蘭のことだから、市場を見て回っていたら気になるものとか出てくるだろう？　その中の品は大抵、とてもいいものだ」

「それは……そうですが……」

こう言ったらなんだが、優蘭は根っからの仕事人間だ。なので今でも、市井に出て市場の品を物色している時につい「これは妃嬪方《ひひんがた》が喜びそう」と考えてしまう。

その観点から言えば、間違いなくやらかしてしまうわけで。

否定できずに頷《うなず》くと、博文はいつにも増してにこにこしながら言った。

「皓月様も、娘のためにお付き合いいただいたようで……」

「いえ、私自身のためでもあります。むしろご無理を言ってしまい、申し訳ありません」

「いえいえそんな！　皓月様は娘の旦那様です！　言わば家族と同義。父として、いくらでも偽装工作に協力しますよ！」

そう。優蘭と皓月が商人の格好をして玉商会の荷馬車に乗っているのには、ちゃんとしたわけがある。

それは、皓月の提案にあった。

『優蘭。わたしと一緒に、珠麻王国《じゅまおうこく》へ行きませんか？』

――そう皓月が言ってきたのは、今日より十日ほど前のことだ。

どういうことか分からず目を白黒させている優蘭に、皓月は一通の文――便箋を渡しながら言う。

『これはわたしの学友……珠麻王国に陛下と留学していた際にできた、友人からの便りなのです』

『……学者、ですか？』

『はい。彼は学者をしています。それも、紋章学の』

内容を眺めながらそう言われ、優蘭はハッとする。

紋章学……！

そんな学問があること自体驚きだが、皓月にそんな伝手《つて》があったことにも驚いた。

『皓月のお知り合いに、そんな方がいたのですね』

『はい。ただお恥ずかしい話、私も杜左丞相《とさじょうしょう》とお話しするまで、彼の存在をすっかり忘れていました。やりとりしたのも、もう随分前ですし』

言われて見れば確かに、渡された便箋もだいぶくたびれている。少なくとも数年前のものだということは、優蘭の目から見ても分かった。

皓月は苦笑しつつも、柔らかな笑みを浮かべる。

『芸は道によって賢《かしこ》し、と言います。わたしたちだけではわからない専門的なことであれば、その道の専門家に話を伺うのが一番だと思いませんか？』

『それは、そうです、が……この指輪の模様は、紋章ではないという結論に至りませんでしたか？』

『ですが、そこにしか突破口がない、というのも、事実ですよね？』

そう言われてしまえば、その通りだとしか言えない。なので優蘭は押し黙った。

しかし一点、気になる点がある。

『だとしても……珠麻王国まで向かうのには、時間がかかります。この状況下でそこまで費やして良いものでしょうか……』

都から珠麻王国までは大体、十日前後かかる道のりだ。そして行きは良《い》いが、帰りはおそらく雪が降る。雪の道のりもあると考えると、約ひと月は行き来で時間が潰れることになる。人手を確保できない今、それはかなり致命的だ。

そう思ったのだが、皓月は首を横に振る。

『突破口がこの指輪一つしかない以上、別のことを調べるのは愚策だと思います。ならば、調べられることを調べ切ってしまいましょう』

『……皓月』

『大丈夫です、優蘭。わたしのことを信じてください』

皓月はまっすぐと、真摯な目で優蘭のことを見つめてくる。その目は本気だった。

そこまで夫に言われて、優蘭が頷かないわけにはいかない。

ゆえに優蘭は皓月の言う通り玉商会を頼り、商会の一員として紛れ込むことになったのだった──

とまぁ、優蘭と皓月が珠麻王国へ向かうことになった経緯は、こんな感じだ。

そしてその移動のために玉商会を使ったのは、先ほど博文が言ったように偽装工作のためである。

未《いま》だに情勢が安定しない中、旅行なんていう理由で大々的に隣国へ向かえば、確実に時報紙に載ってしまう。それは国民の不満を蓄積させることにも繋《つな》がるのだ。

何より藍珠《らんじゅ》の件は内密に進めている問題である。それを国の上層部に位置する二人が調べていると判明すれば、面倒な火種になることは確実だろう。

だから、いざと言うときばれたら、そのときは極秘記念旅行ってことで押し通すつもりなのよね。

実際、この一年半ほどの間に新婚旅行に行けていないので、ある程度の人は誤魔化されてくれるだろう。

ちなみに藍珠の件を避けて「どうしても極秘裏に珠麻王国に行き、皓月と一緒にやりたいことがある」という話を家族にした瞬間、父はこの通り大歓喜し、母は二つ返事であっさりと了承してくれた。

母がこの一行にいないのは、父と弟が参加する代わりに全ての仕事を肩代わりして年末最後の仕事に乗り出したからだ。

そのためか、激励の言葉だけを残して颯爽と優蘭の前から消えてしまった。相変わらずひとところにとどまることがない人だな、と優蘭はそのとき思ったものだ。

一番懸念していたのは、長期間後宮を離れることだった。

だってひと月よ？　数日ならともかく、ひと月よ……？　不安しかない……。

そう思いかなり悩んだのだが、藍珠に許可を取って事情を説明した麗月《れいげつ》が「むしろ、よい機会なのでは？」と言ってくれたのである。

『健美省《けんびしょう》も、だいぶ人員が増えました。そのため、各内司《ないし》や内侍省《ないじ》とも連携して、祭事などを滞りなくできるくらいにまでなっています』

『それは……確かにそうね……』

『はい。それに、優蘭様だけにいつまでも頼り続けるわけにはいきません。もしあなた様が倒れられたとき、それだけで慌てて手がつけられないようになってしまうなど、言語道断ですから』

『そう、ね……』

『ご安心ください、わたしのほうでしっかりと事情は説明しておきます。ですので優蘭様は、ご自身の役割をきちんと果たしてきてくださいませ』

そう、麗月に押し切られる形で送り出された優蘭。

しかし実際、優蘭がいつまでも後宮にいられるかと言われると、分からない。なので麗月の言う通り、いい機会なのだろう。

そう言い聞かせ、優蘭は最低限の荷物を抱えて玉商会の荷馬車に飛び乗ったのだった。

そんな不安を抱えつつ、早十日。

都から荷馬車で移動していた玉商会一行はようやく、珠麻王国との国境沿いにある柊《しゅう》雪州《せっしゅう》・白丹《びゃくたん》に到着した。

白丹は、柊雪州の大貴族である珀《はく》家が治める領地だ。それもあり、皓月は父に頼んで直《す》ぐ様《さま》旧友に手紙を送り、約束を取り付けたと言う。

ちなみに手紙のやりとりは柊雪州に向かうこの道中で行なっていたので、今回の訪問がなかなかの強行軍だったことがよく分かる。

それでも皓月は「あの方は紋章と聞けば飛びつくような方なので、絶対に来てくれます」と言っていた辺りに、相手側の癖の強さを感じた優蘭だった。

それはさておき。

久々にきたけれど、相変わらず賑《にぎ》わっているところね……。

そう思いながら、優蘭は街中を見回していた。

白丹は艶《つや》やかな白亜の建物と、黎暉大国《れいきたいこく》ならではの丹塗《にぬ》りの木造建築が交ざり合う、不思議な雰囲気の街だ。

白丹という名がついたのも、こういった建物の色からきているとされている。

白亜の建物は珠麻王国の建築様式で、丹塗りの木造建築のほうが黎暉大国のものだ。

この辺りは優蘭も不思議なのだが、北部と西部はその気性ゆえか、こういった異文化を融合させた独自文化を形成していく部分があるように思える。

国境沿いということもあり、ここには多種多様な国の人間たちが集まっていた。

もちろんと言うべきか、異国民の中でも特に多いのは珠麻王国の人間だ。黎暉大国民よりも彫りが深く、肌の色が濃い。またまなじりもきりっとしていて、全体的に凛々《りり》しく見えるのが特徴である。

杏津帝国《あんつていこく》民も彫りが深い顔立ちをしているが、あちらは肌が白く髪の色素が薄い人が多かったように思う。曰《いわ》く、北東のほうが寒いためだとか。

それと比べると、珠麻王国民は黒髪が多い。また堅気気質な杏津帝国民と比べると温和な人間が多いため、優蘭は懐かしい気持ちにさせられた。

そうそう、この、多国籍の言語が入り交じるこの感じ……すごく馴染み深いわ。

黎暉大国の中央は未だに黎暉大国語が中心だ。また他国からきた人間も、黎暉大国への尊敬と威信を示す意味も込めて黎暉大国語で話すことが一般的となっている。そのため、こういった雰囲気はなかなかない。

「陛下が即位されてからは一度も来ていなかったのですが……ここは相変わらずの賑わいですね」

「懐かしいですか？」

「そうですね……やはり、留学していたときのことを思い出します」

そう言い、目を細める皓月の表情は、どことなく柔らかい。この顔が見られただけでも、ここに来た甲斐《かい》があるような気が優蘭はしていた。

ただ……何かしら。前に来たときより、人が少ない気がするのだけれど……。

優蘭の気のせいだろうか。思わず首を傾《かし》げた。

新年はどこの国でも祖国で迎えたいという人間が多いからか、人の出入りはほとんどなくなる。

が、その前、しかもまだ雪が降り積もっていないこの時期であれば、もう少し人が多かったと思うのだが。

たった一年半ほどで、ここまで変わるものかしら……？

そこだけがなんだか心に引っかかった。

というものの、ここは目的地ではない。目的地は珠麻王国側の国境沿いの街だ。そこで、皓月は例の旧友と会う約束を取り付けていた。

辿《たど》り着《つ》いたのが夕方だったこともあり関所がもう閉まっているため、隣国へ向かうのは明日以降だ。ただ幸いなのは、約束の日より二日ほど早く白丹に到着できた点だろう。

優蘭は自分の胸にある疑問を振り払うようにして、皓月に向かって明るい声で告げた。

「無事、約束の日に間に合いそうですね。ここまで馬車を飛ばしてきた甲斐があります」

「本当によかったです」

そうやって夫婦で和やかに会話をしていると、御者台から一人の男性が降りてくる。

「それ、僕が頑張って馬車を飛ばしたおかげだからね、姉さん。もっと僕に何かあってもいいんじゃないかなぁ……」

それは優蘭とよく似た顔をした、一人の青年だった。

身長は優蘭よりも少し大きいが、皓月と比べると頭一つ分は小さい。また優蘭よりも垂れ目で、どことなく気弱そうな印象を受ける青年だった。

この人こそ、優蘭の弟・玉環林《かんりん》だ。

少しいじけたように見える環林に、優蘭は笑みを浮かべる。

「ありがとう、環林。前より腕を上げたんじゃない？　揺れが少なくて快適だったわ」

「そ、そうでしょっ？」

「うんうん、成長してるわね。このまま売上もどんどん伸ばしていけるといいわね！」

「……うわぁん！　そうやって上げてから落とす！　姉さんは本当にそういうところだよ⁉」

そう言い、環林は槍《やり》を小脇に抱えた男性に「姉さんが上げてから落としてきた！」と言って泣きつく。

それを聞いた男性は「あ？　いつものことじゃねえか」と言って、鬱陶《うっとう》しそうに環林のことを追い払う仕草をみせた。

「ほ、峰清《ほうせい》までそういうこと言う⁉　味方がいない！」

「じゃあ、おめえがねーちゃんに売上で勝てるようにならねーとな」

「無理言うなよ⁉」

そんな感じで騒ぎつつ、耐えきれなくなったのか荷下ろしの手伝いに向かった弟を、優蘭は生暖かい目で見送った。

「すみません、皓月。うるさかったですよね」

「いえ、優蘭の実家での様子も見られましたし、優蘭が弟君をいじりたくなる気持ちも分かりますので」

「あ、分かります？　ついついいじめたくなっちゃうんですよね。反応が可愛《かわい》くて」

とは言ったが、今回速度の割に快適だったのは事実だ。なので褒め言葉自体は嘘《うそ》偽りないわけで。

なんだけど、ちょっとつつきたくなるのよね〜。

おそらくこれが家族ならではの気安さなのだろう。

そしてそれは、もう一人の男に対しても同じ。

「ほら、優蘭。ここにいても邪魔になるし、とっとと宿に入れ」

「はいはい、分かってるわよ」

そう小言を言って中に入るよう促してきたのは、玉商会のお抱え用心棒・峰清だった。

用心棒ということもあり体格は良く、雰囲気としてはやはり慶木《けいぼく》に似ている。髪をざっくばらんと一つにくくり、右頬に大きな傷痕があるのが印象的な男性だ。優蘭よりも歳上《としうえ》だが、年齢はそう変わらない。

ということもあり、昔から幼馴染《おさななじみ》のように生きてきた。

優蘭が歳を重ねるごとに、嫁ぎ先を探せだのとあれやこれや言ってきたのも、この男である。

多分、自分のことを兄か何かだと思ってるんだろうけど……結婚しろって言いたいのはこっちのほうだわ。

現に、峰清は今も独身だ。用心棒という立場では珍しくないが、それでも釈然としないというのが優蘭の本音である。

……あんたのほうが、色々とこじらせててどうしようもないでしょーが。

そのため、峰清に向かってぱたぱたと手を振って煙たげにしてから、早々に受付で部屋の鍵を受け取り皓月と一緒に部屋に入った。

宿は、玉商会が普段から使っている場所にしたので等級はそこそこ良《い》い。もちろん、貴族が泊まるにしては微妙だが。

しかし皓月は嫌な顔一つ見せず、窓辺に置かれている椅子に腰掛けた。

「お疲れ様でした、皓月」

「いえいえ、優蘭こそお疲れ様でした」

すると、皓月が何か言いたげな眼差《まなざ》しを向けてくる。思わず首を傾げれば、皓月は躊躇《ためら》いながらも口を開いた。

「その、優蘭」

「なんでしょう？」

「……峰清さんは、優蘭に気でもあるのでしょうか」

向かいの席に腰掛けようとしていた優蘭は、その言葉を聞いて転げ落ちそうになった。なんとかこらえたが、今この場に峰清か環林がいたら大笑いしていただろうから、心の底から二人がいなくてよかったと思った。

座り直しながら、優蘭は首を横に振る。

「それだけは絶対にありません……」

「……ですが、優蘭があんなにも男性に気安くしているのは初めて見るので……」

「それは、ほぼ家族みたいなものだからです」

そして皓月に対して敬語を外した自分というのは、正直想像できない。

もちろん気を許しているし誰よりも甘えている存在だが、それとこれとは話が別なのだ。現に、優蘭は両親に対しては敬語を使っている。それは別に気を許していないから、というわけではなく、それが一番しっくりくるからだった。

と言いたかったが、きっと皓月は納得しないだろうなと思い、そこには触れずに流すことにする。

「それに……あの男は、亡くなった恋人のことを今も想《おも》っているので。なので私に気があるのかどうかとかは、本人の前では絶対に言わないでください……」

そう言うと、皓月が目を瞬《まばた》かせる。

「恋人がいたのですか？」

「はい。うちの商会の人間だったのですが……流行《はや》り病で亡くなりました」

「それは……」

言葉もなくただ優蘭のことを見つめる皓月に、彼女は苦笑する。

「峰清が玉商会で用心棒を続けているのは、恋人が最後までいた場所だからです。私のことは本当に、妹みたいに思っているんでしょうね」

もちろん優蘭も幼い頃から共にいたため、峰清のことをかっこいいなーと思うことはあった。子どもだったので。

しかしあまりにもずけずけと物を言ってくる上に、精一杯のおしゃれをして姿を現した優蘭に対し「似合わん」と一蹴してきた瞬間、恋心は泡沫《ほうまつ》のように消えた。

どうやら「似合わない色の衣と髪型だった。もっと似合う色は別にある」という意味で言ってきたらしいのだが、幼い恋心を砕くには十分すぎる言葉である。

ちなみに今もその件は根に持っているので、優蘭は峰清に対して容赦がないのだ。

その容赦のなさもあり、評価は辛辣になる。

「そのせいで、皓月と結婚するとなったときは『こいつ、やっとか……』みたいな顔をされましたよ」

「そうなのですね」

「私から言わせてもらうなら、お前こそ過去に囚《とら》われていないで新しい人見つけろ！　って感じなんですけどね」

「……本当に仲が良いのですね」

「仲がいいというか、雑に扱える、という感じではありますけど」

それよりも優蘭が着目したのは、皓月の態度だ。

優蘭はにんまりと笑みを浮かべた。

「それより。皓月、もしかして嫉妬しました？」

「……当たり前でしょう。優蘭はわたしに対して、敬語を外そうとしませんし……」

そう言い、少し拗《す》ねたように顔を逸《そ》らす皓月を見て、優蘭の胸は愛おしさでいっぱいになる。

そう思ってくれるなんて、嬉《うれ》しい……。

こう言ったらなんだが、優蘭は別に特別美人なわけではない。また仕事一筋で生きてきたので、誰かに思われることなど夢のまた夢という生活をしていた。なので、注目を集めたことはなかったのだが。

それでも、大好きな夫がそこまで想ってくれるのは嬉しいものだ。

なので思わず顔を緩めていると、「どうして笑っているんです……」と言う。

「いやだって、はたから見れば私のほうが嫉妬する立場ですからね。なので愛されているなーって思って、嬉しくて。そして皓月に対して敬語なのは、夫だからです」

「……逆に、特別だと？」

「はい。とてもではないですが、私が峰清に対して甘えるなんていうこと、絶対にありませんよ」

というより、峰清に甘えている自分を想像しただけで寒気がしてきた。それは環林に対しても同じだ。

それでも不満なのか、皓月はこちらをちらりと見ながら言った。

「……言っておきますがわたしは、四回婚約解消をされている男ですよ？」

「ははは。とりあえず、ご自身のお顔を鏡で見てきてくださいね。大変魅力的なお顔をしていらっしゃいますよ」

それは運が激しく悪かっただけで、本当は引く手数多《あまた》です旦那様。

そう思った優蘭だったが、皓月の心の傷を刺激するつもりはなかったので、そっと喉奥に押し込んだ。

それに優蘭も、目の前に皓月の元婚約者たちが現れたら正気でいられるのか分からないので、ここらへんでこの話は打ち切ることにする。

「ところで皓月。一つ相談してもいいですか？」

「……どうしましたか？」

話を打ち切られたことに少しだけ不満そうだった皓月だが、優蘭が真剣な相談をしようとしていることに気づいたのか、姿勢を正した。

それを見て、また嬉しくなる。

こういう、仕事熱心で真面目なところが好きなのよね……。

しかしそれを表に出さないように注意を払いながら、優蘭は口を開いた。

「皓月のご友人にお会いするまで、残り二日ほどありますよね？」

「はい」

「できればなのですが……そのうちの一日は白丹の市場を見て回りたいのです。可能であれば、約束の後に珠麻王国側の街も見て回れたらな、と」

「……どのようなお考えか、お聞きしても大丈夫ですか？」

「もちろんです」

優蘭は窓を開け、外を見た。

ちょうど通り沿いに面していた部屋だからか、往来が見える。

「私の気のせいならいいのですが……人の入りが、少し少ない気がしまして」

「……人の入り、ですか？」

「はい。この時期は最後の書き入れ時なので、本当であればもっと商人たちの出入りが激しいはずなのです。ですが、少し控えめに見えて……特に珠麻王国の方々が、少ない気がするのです」

優蘭が何を言いたいのか理解した皓月は、神妙な顔をしてこちらを見た。

「……商人というのは得てして、周りの空気に敏感ですよね」

「はい」

「特に、ここは国境沿いです。何かあれば関所が閉められ、祖国に帰れなくなるかもしれない……特に戦争などが起こるのは、たまらない」

「そうです」

皓月の言う通り、商人というのは国家間の雰囲気などに敏感である。

たとえば、黎暉大国と杏津帝国。

最近になって交流を深め始めたが、未《いま》だに商人たちの行き来が悪いのは単純に、いつ両国が戦争を始めるのか分からない雰囲気があるからだ。

そこを敢《あ》えて開拓しようとする商人ももちろんいるが、少数である。

また何が売れ始めているのか、といったもので判断する人も多い。特に戦争では武器や防具といったものが消費されるため、戦争前となると分かりやすい。

しかしここで問題となるのは、黎暉大国と珠麻王国の仲は決して悪くないという点だ。

なので珠麻王国民が一方的に減っていることに関しては、違和感がある。

「……珠麻王国の商人たちが、黎暉大国と杏津帝国の戦争を予感していると。そういうことでしょうか？」

皓月は、優蘭が懸念していることをぴたりと言い当てた。さすがの頭の回転の速さだ。

それを聞いた優蘭は、深く頷《うなず》く。

「それを確かめるためにも。二人で白丹の市場を見て回りましょう」

＊

翌日の昼。

優蘭は皓月と一緒に、昼餉《ひるげ》を取りに食堂へと向かっていた。

なぜ敢えてこの時間にしたのかというと、関所が開いた後だからだ。

朝の時間帯だと、この辺りには店の前に朝店と呼ばれる屋台が並び、食べ物を売る。そして座って食べられる区画は数箇所あるが、食べたら直《す》ぐに立ち去ってしまう人がほとんどなので、話をしてくる人はだいたい煙たがられてしまう。

関所が開いてすぐに行動したい商人向けなので、回転率が重要なのだ。

それもあり人がごった返しているが、代わりに急いでいる人が多い。そういう人からゆっくり話を聞くのは、難しいのである。

私たちの目的はあくまで情報収集だから、昼餉のほうがいいと踏んだけど……やっぱりちょうどよかったわね。

朝店はすっかり閉じられ、朝ほどの賑《にぎ》わいはないが、しかし店内に入れば人が絶え間なく入っては出て行く。

そんな様子なので、大抵は相席だ。相席となれば、自然と会話に発展するわけで。

優蘭と皓月が狙っているのは、その瞬間である。

となりで歩く皓月を見ながら、優蘭は言った。

「ここから二つ目の路地を左へ行くと、烏兎堂《うとどう》という食堂があります。飾り付けが綺麗《きれい》なので女性客が多いということもあり、旅芸人一座の踊り子や奏者がよく利用するところです。皓月はそちらでお願いします」

「分かりました。優蘭は？」

「私は、弟がよく行く場所にします。私が烏兎堂に行くと、さすがに何度も通っていたこともあって面が割れていますので……」

そう言いつつも、胸の辺りがもやもやしてしまうのは何故《なぜ》か。

――それは、皓月に女装をしてもらっているからだ。

久方ぶりに見た皓月の女装はやはり大変似合っていたが、それと同じくらい申し訳なさがすごい。

けれど、私がそっちに行くと顔バレするし、かと言って皓月以外の人とこんな情報共有できないし……っ。

そんな、山のような苦悩をしつつ「女装してください」とお願いしてきた妻に、皓月は嫌な顔一つ見せず了解してくれた。

理由が理由なので仕方ないのだが、本当にできた夫である。

しかし不安で仕方なく、優蘭は念押しした。

「皓月。路地裏に連れ込まれそうになったら、急所を蹴り上げて全力で逃げてくださいね……？」

「……優蘭。中身は男ですから、それくらいの対処は簡単にできますよ」

「うう、すみません……ものすごく申し訳なくて……」

何より、効率を重視したせいで皓月と別行動になってしまうのが色々な意味で悔しい。分かってるわよ、これは仕事だって……でも間の時間くらい、旅行気分を味わえるかも、とか思うじゃないっ⁉

しかし結局のところ、珠麻王国からの商人の少なさに気付いたのは優蘭だし、行動に移すことを決めたのも優蘭なのだ。根っからの仕事人間なところが、こんな形で作用するとは。

そう内心悲しんでいると、皓月がそっと優蘭の耳元に近づく。

そしてこそっとささやいた。

「けれど、夕餉《ゆうげ》はご一緒できますよね？」

「あ……も、もちろんです」

「分かりました。優蘭との夕餉のためにも、情報収集頑張りますね」

輝かんばかりの笑顔でそう言われた優蘭は、内心そっと手を合わせた。

ああ、今日もうちの夫が大変可愛《かわい》い……。

と言いつつ、関所を越えるのは今日の夕方だ。それまで商会の面々を待たせているのだから、早々に行動せねば。

というわけで優蘭は夕餉を楽しみにして、仕事を開始したのだった。


皓月と分かれた優蘭が向かったのは、九垓堂《くがいどう》と呼ばれる大衆食堂だった。

優蘭は行ったことがないが、環林と峰清がよく使う食堂らしい。

峰清は「食えたらいい」みたいな性格をしているが、環林は両親の英才教育もあって味にかなりうるさいほうなので、味に間違いはないだろう。

というわけでやってきた九垓堂は、お昼時ということもありそこそこ繁盛していた。

優蘭の狙い通り、席はあるものの独り占めは難しく、相席になりそうな感じで、内心よしよし、と思う。

店内の雰囲気もよく、質素だが丁寧に手入れをしてきたものを長く大切に使っているのが見て取れた。

寒い地域ということもあり花が入手しにくいこの地域では、木彫り文化が盛んだ。そのため、花の代わりに色付けした木彫りの工芸品があちこちに見受けられた。

また珠麻王国の特産品でもある赤や青、緑といった色鮮やかな壁掛けもあり、文化交流が進んでいることが見受けられた。

客層もガラが悪いのがいない。気弱な環林がよく使うというのも納得である。

そんなふうに職業病を発揮しつつ、優蘭は店員に導かれるまま珠麻王国の商人二人が座る席に運よくつくことができた。

「相席ありがとう」

そう断ると、商人二人は笑みを浮かべて「いえ」と言ってくれる。

人の好さそうな二人組だ。片方は三十代ほど、もう片方は二十代ほどだろう。しかし出方に関しては、しっかりと見計らわなくては。

そう思いつつ、優蘭は弟おすすめの豚肉と馬鈴薯《ばれいしょ》に米粉をまぶして蒸した料理を注文することにする。

料理を待っている間、優蘭は商人たちに話しかけることにした。

「こちらには、今日来たんですか？」

すると二人は首を横に振る。

「少し前に来て、そろそろ祖国に戻ろうかと思っています」

「あら、今年の商人さんたちは、引き上げるのが早いですね」

「あーそうですね。実を言うと僕らも、商人仲間から『早めに引き上げた方がいいかもしれない』と言われて、戻ってきたんですよ」

「へえ、そうなんですか」

見た感じ、二人ともこの件に関して、口が堅いというわけではなさそうだ。

しかしさすが商人というべきか。それ以上は漏らさず、食事を続けている。

どうして早く引き上げたほうがいいと言われたのか、そこを聞きたいわよね。

というわけで優蘭は、一歩踏み込んでみることにした。

「けれど、意外です。最近は黎暉大国でも、和宮皇国《かずのみやこうこく》のものが多く流通し始めたので、逆に珠麻王国の商人さんたちも乗り気なのかと思っていました。最近は街道の整備も進んで、行き来が楽になりましたし」

何故優蘭が敢えて和宮皇国の話を持ち出したかというと、珠麻王国では和宮皇国の工芸品が人気だからだ。

どうやら、繊細で緻密かつ美しいそれらが、珠麻王国民の心を摑《つか》んだらしい。

何より大商人のご夫人方がいたく気に入っていて、それ以来需要が激増しているのだ。

今までは、杏津帝国を介しての経路が多かった。しかし黎暉大国に皇女である巫桜綾《ふおうりょう》が嫁いできた一件――正しくは彼女が妾《めかけ》の子で、それを偽って嫁がせ、戦争の火種にしようとした件――を看破したことで、和宮皇国と黎暉大国の外交経路が強化されたのだ。

なので今ならば、杏津帝国を経由するより安く、何より舗装された道で仕入れすることができる。そうすれば、安定した供給が見込めるはず。

しかもこの経路が確保されたのは今年の夏頃だから、最新の情報よ。珠麻王国民の商人にとっては、かなり有益な話題なはず。

優蘭は敢えて向こうが欲しがる情報を渡し、こちらが欲しい情報を引き出すための呼び水にしたのだ。

そして同じ商人であれば、開示された情報に対して同等のお返しをするものだ。

それは何故か。

貸し借りという概念が、一番面倒臭いからだ。

優蘭としても、貸しを作るのはいくらでも構わないが、借りを作るのは面倒臭いと考えている。

再会したときに無理難題を言われるかもしれないし、またいらない恨みを買う可能性がある。そういうのが商人というものだ。

損得勘定。それが全て。

そしてこんな小さくとも確かな情報で貸しを作るという愚など、冷静かつ慎重な商人ならばやらないわけで。

予想通り、二人は顔を見合わせてから、苦笑する。

「これは一本取られましたね」

「ふふ。ですがお役には立ちましたでしょう？」

「ええ。それで、何が聞きたいのでしょう」

「はい。早めに切り上げたほうがいい、と言われた理由について、伺えたらなと」

そう問うと、若い男性のほうが「ああ、そのことですか」と呟く。

「いえ、なんてことはないんですが……国境沿いの領主が、代替わりしたのですよ」

「……代替わり、ですか」

「はい。黎暉大国の方でしたら、そこまで詳しくないと思いますが……国境沿いの領主は、少し特殊でして。任期が六年と決まっていて、国王の任命で決まるのです」

「へえ、そうだったのですね」

そこで優蘭は、うん？　と首をひねった。

六年。

六年前というと、何かあった気がするのだが。

その何かを摑む前に、今度は歳上《としうえ》の商人が言う。

「そんな形で決まるので、領主が替わるたびに何かしら起きるのが常でして。ですので我々商人も、その辺りを警戒しているのです」

「なるほど。珠麻王国の方がいつもより白丹にいなかったのは、そのためなのですね」

「そうでしょうね」

そんな会話をしているうちに、ちょうど優蘭の昼餉《ひるげ》が運ばれてくる。それは、商人二人の皿が空になるのとほぼ同時だった。

二人は立ち上がると、ぺこりと頭を下げる。

「それでは、我々はこの辺りで」

「ええ。『お二人の行く末に、導きの星のご加護があらんことを』」

最後に珠麻王国語でそう旅の安寧を願う言葉を告げれば、二人は目を見開き、笑う。

『ありがとう。あなたの行く末にも、導きの星のご加護があることを願っています』

そんなふうなやりとりをして商人二人を見送った後、優蘭はようやく食事に手をつけ始めた。

この辺りは稲作が盛んなので、米食が基本だ。その中でもこの地域は米粉にすることが多く、米粉を使った料理が名物だったりする。

この豚肉と馬鈴薯に米粉をまぶして蒸した料理も、ここの名物料理だ。

一度口に含めば、米粉によって閉じ込められた肉の旨《うま》みが口いっぱいに広がる。濃厚な味わいで、少し甘めなところがまたいい。

馬鈴薯にも豚肉の旨みが染み込んでいて、ほっこりとした味わいが印象的だ。

久しぶりに食べたが、やはり美味《おい》しい。

特に今は空腹だったので、一皿ぺろりと余裕でいけそうだ。

場所によっては、これに香辛料をつけて蒸したものがあるので、皓月はそちらのほうが好きだろう。彼は、辛《から》いものが好きなので。

やっぱり一緒に食べたかったなぁと少し味気ない昼餉を残念がりながら、優蘭は思考を彼方《かなた》に飛ばした。

それにしても……六年、ねえ。

今より六年前というと、黎暉大国では大変印象的な出来事が一つ起きていた。

――そう、『執毒事件《しゅうどくじけん》』。

優蘭が去年、その当時犯人とされていた侍女の汚名をそそいだ、皇族たちが次々と毒殺されていったあの一件だ。これに関しては優蘭だけでなく、黎暉大国民全員が馴染《なじ》み深いことだと言えよう。

しかしここで問題となるのは、その『執毒事件』の裏側でもう一つ、起こりかかっていた件のほうである。

……ここ、白丹と珠麻王国の国境沿いで起きかかった、争い。

現珀家当主――皓月の父であり優蘭の義父が内密に対応したことで事なきを得たが、一歩間違っていれば皇帝も皓月も、人質として珠麻王国側に囚《とら》われていたかもしれない、あの一件だ。

偶然だったと言われればそれまでだが、いささか時期が重なり過ぎている。

昔の優蘭であれば気にしなかっただろうが、今の優蘭は宮廷の人間だ。もう少し深掘りしてみても悪くないだろう。

皓月の言う通り、無理を通してでもここまできた甲斐《かい》があったかもしれないわね。

このままの勢いで、この指輪の謎も解けて、糸口が見つかればいいのだが。

そんなことを思いながら、優蘭は皿に残った最後のひとかけらを、口に押し込んだのだった。

＊

その一方で。

皓月は優蘭の案内通り、大衆食堂『烏兎堂』にきていた。

『烏兎堂』は、外装からいって他の食堂よりも品があった。

建物は白亜の石造りで、月と太陽を模《かたど》った看板が掲げられている。

珠麻王国寄りの店なのかと思ったが、中に入ると黎暉大国の調度品が多く備え付けられていて、なんとも言えず異国の風情が同調した空間になっていた。

全面にではないが、赤を中心に同じような模様が出るように並べられた陶瓦《とうが》が壁のあちこちにある。

これは『陶瓦貼り』と呼ばれる、珠麻王国の建築技法の一つだ。

ただ本来ならば価値観や信仰の関係上、珠麻王国では青い陶瓦が使われるはず。

そこを敢《あ》えて赤にしている辺りに、紫を至高とし、赤を好んで使う黎暉大国文化との同調が見られた。

そしてそんな空間だからなのか、優蘭の言う通り女性客がほとんどだった。

確かに、この空間に男装時の皓月が現れていたら、間違いなく浮くだろう。何より顔だけはいい自覚はあるので、無駄に絡まれるかもしれないと思った。

旅芸人一座にいる女性たちは、大抵積極的な方が多いですからね……。

それは、宴《うたげ》の席などで妓女《ぎじょ》や一座を呼んだ席に招かれたことがあるため、骨身に沁みるくらい分かっている。

優蘭に嫉妬して欲しい気持ちはあるが、敢えてそういう場所に突っ込むかと聞かれたら、答えは否だ。なのでここでの女装は正解だったと皓月は感じた。

それでも中は相席が必要な程度には混んでおり、都合が良《い》いと皓月は考える。

優蘭のためにも、使える情報を得たいところですが……。

そう思いながらも店員に案内され、皓月はある旅芸人一座と相席することになった。

「相席、ありがとうございます。失礼します」

「いえいえ」

一座の人間が揃《そろ》っているということもあり、卓はなかなかの大所帯だった。

全部で七人いる中に一人放り込まれた皓月は、愛想のいい笑みを浮かべる。第一印象は大事だからだ。

するとそれを見た隣の席の気風のよさそうな三十代ほどの女性が、じいっと見つめてくる。

「……ねえ、あんた」

「は、はい。なんでしょう……？」

「うちで働かないかい？」

初手からまさかのお誘いを受けてしまった皓月は、目を丸くした。

するとそれを見た一座の面々が笑う。

「ちょっと、座長。いきなり口説かないでくださいよ〜！」

どうやらこの女性が、座長らしい。

座員からそう茶化された座長は、「なあに言ってんだ、こんな美人、口説かない手はないだろう！」と言った。

「だからって席について早々口説くなんて、逆効果ですよ」

「……確かにそれはそうだね」

「それに、女慣れした男みたいに見えるし」

「おいこら誰が軟派野郎だ、ああ？」

その小気味よいやりとりを見て、皓月はくすくすと笑った。

座長と座員の距離がかなり近いようだ。しかし気安い関係の中にも座長を慕っているような雰囲気をひしひしと感じる。ここはきっと、とてもいい一座なのだろう。

それに……むしろ、今のわたしには、都合がよいです。

旅芸人一座ならば様々な情報を知っていると思うが、どのような切り口で話を聞き出そうか、迷っていたのだ。しかしこうして話題を提供してもらえたのであれば、一座に興味のあるふりをして色々と具体的な話が聞けそうだ。

ちょうどそのとき、注文を取りに来た店員がいたので、皓月は少し考えてから米粉で作った麺に干し肉を戻して甘辛く味付けしたものをのせた汁物を頼む。

ついでに卓にいる全員に聞いて、追加注文することにした。もちろん皓月持ちだ。情報をもらうための手付金としては十分だろう。

それを経て、皓月はにこりと微笑《ほほえ》んだ。

「お話、とても気になります。その……両親が亡くなったために、親戚にお金持ちの家に無理やり嫁がされそうになって。逃げてきたところなんです……お金はなんとか持ってきましたけど、そろそろ底をつきそうで……」

皓月がそう俯《うつむ》きながら話せば、一座の面々は同情の眼差《まなざ》しを皓月に向けてきた。どうやら、皓月の嘘《うそ》しかない身の上話を信じてくれたようだ。

それもそうだろう。皓月は今、商人が着るような少し安めの服を着ているが、その所作に関してはひどく品があって、お嬢様然としている。そんな人間が供もつけずにこんな国境沿いで一人食事を取っていれば、怪しいと思われるのは必然なのだ。

そして藍珠の母親のように、白丹にはそういった訳ありの女性たちが逃げ込んでくる可能性が高い。旅芸人一座がそういった身の上に関して寛容であり、実力とやるべきことさえすれば問題ないとしている価値観の集団だった。

その上で皓月は、自身の見た目が相手に与える影響を知っている。

そしてその際、服装が何よりも重要になることも。

だから敢えての設定だったのだが、上手《うま》く騙《だま》されてくれたようで内心ほっとする。

すると、座長は「そうかいそうかい」と頷《うなず》きながら口を開いた。

「大変だったたね……」

「……ありがとうございます。ですが座長さんのような方に出会えて、よかったです。その……よろしければ少し、お話を伺ってもいいですか?」

「もちろん」

そう言うと、座長を含めた一座の面々は、一座での活動などを語ってくれる。

舞台に関しては優蘭のおかげもありなんとなく役割を知っていたということもあり、話自体は難なく理解することができた。

ちょうどその頃に料理が運ばれてきたため、それを食べつつ話を聞く。

と言っても、皓月が求めている情報は別に一座がどんなことをしていてどんな人員を求めているとかそういうことではないため、適度に相槌《あいづち》を打ちつつ必要な情報だけを頭の中でくみ上げていく。

ついでに、皓月が分からないと思っているらしく、珠麻王国語で座員たちがこっそりやりとりする話にも耳をそばだてた。

どうやらこの一座は、珠麻王国を中心に活動をしているようだ。一年の大半を珠麻王国で過ごしていると聞いたときは、なかなか驚いたものだった。

皓月のことも、いいカモが来たと思っているようだ。

ですがそれならば逆に、都合がいいです。

皓月たちには、時間がない。本来ならば珠麻王国側に言ってからそちらの情報を得るつもりだったが、白丹で得られる珠麻王国の情報があるのであれば、得られるに越したことはない。

何より、時間の節約にもつながる。それは皓月たちにとって、何よりの利点だった。

しかも相手が皓月のことを完全に見くびっているというのが、最高にいい。無害だと思っている相手に警戒する人間は、そう多くはないからだ。

下手に出つつ、全力で情報を集めましょう。

皓月がそう決意していると、話が大分盛り上がっている。

「珠麻王国は商家の奥様方が芸術関係にも目をつけてるってこともあって、あたしらみたいな人間にもかなり寛容なんだよ。黎暉大国と同じで、見た目さえよければ玉《たま》の輿《こし》も狙えるしね」

「そうなんですね」

「ああ。珠麻王国の中心は商人だということもあって、実力を重視するから。あたしたちの仲間の中にも、商家の夫人に取り立てられた子もいたとか」

「あんたは見た目もいいし、楽器もできるって言ってたろ？　もしかしたら機会が巡ってくるかもね。そうしたら順風満帆な金持ち生活だ！」

座長がそう言うと、全員の笑い声が響く。皓月もそれにつられて笑った。冗談だということは、態度から見ても明らかだったからだ。

しかし敢えて座長がそういったことも理解できる。一座へ勧誘をしたいのであれば、一獲千金の機会があるという名分があったほうが人は釣られやすい。

そして皓月のように追い詰められた人間であればあるほど、その荒唐無稽な話に飛びつきたくなるものだ。

何より今の皓月はきっと、彼女たちの目から見ても正しく「良家の子女」に見えていることだろう。伊達《だて》に食べ方に気を使ってはいない。そんな女性が落ちぶれたとなれば、元の生活を取り戻したいと思うのは必然だ。

さすが、気安いように見えて座長と言ったところか。人の心を摑《つか》み揺り動かす方法を分かっている。

だが残念なことに、相手はあの皓月。しかも優蘭に会う前ならいざ知らず、会ってしまった後の彼だ。上手い話には裏があることを重々知っているし、何より皓月のほうが一枚上手である。

なんせ自身の身の上話はすべて、嘘なのだから。

その上で皓月は、楽器が使えることを一座の面々に話した。それは一つの技術だ。

嘘を吐くときの基本は、嘘の中に真実を混ぜることだ。そうすることで嘘が補完され、より現実味が増す。

だから皓月はこの場で敢えて、自分が楽器を弾けるという情報を渡した。事実、皓月は大抵のことならそつなくこなせる。楽器も一通り習っているので、間違いではないのだ。

何より相手の話を聞くだけでなくこちらから情報を渡すことで、相手が違和感を抱くことなく情報を渡してくれる。これも、優蘭から学んだ話術の一つだ。

場も大分温まってきたことですし、この辺りで有益な情報を得たいところですが……。

そしてその機会は、直《す》ぐやってきた。

「けど、一度は珠麻王国での新年も迎えてみたいね～。毎年派手だって噂《うわさ》だし」

そう、座員の一人が漏らしたのだ。皓月は少し考えてから、口を開く。

「……その言い方ですと、毎年黎暉大国に戻ってきているんですか？」

「そう。毎年新年には黎暉大国に帰ってくるんだ。座長が『やっぱり新年くらいは故郷が落ち着く』って言うから」

「あんたらだって賛成しただろ？」

「そりゃ、やっぱり落ち着きますからね～」

それを受けた皓月は、話が望む方向に向かい始めたことを喜びつつも、それを隠して首を傾《かし》げる。

「ですが、新年に帰ってくるにしては、少し早いのではありませんか？」

「ああ……まあそれには理由があってな……なーんか、珠麻王国を中心に活動している一座の間で、変な話が広まってるんだよ」

「……変な話？」

座長は溜息《ためいき》を漏らした。

「なんでも、ちょいとやばいことしてる一座があるって話でね……他所の一座の人間を勧誘することと自体はよくあるんだが、その勧誘の仕方が新興宗教じみてるらしい」

「……新興宗教ですか」

「ああ。確か……沙亜留《シャール》教とかなんとか」

一気にきな臭くなってきた話に、皓月はわずかばかり眉をひそめた。

それを不安の感情だと受け取ったらしい。勧誘に差し障ると思ったのか、座長は慌てたように顔色を変えると、「うちはそんなことしてないけどな！」と強めに言った。

それをいいことに、皓月は表面上は怖がりつつも内心は割と躊躇《ためら》いなく話に切り込んでいく。

「その新興宗教というのの教典は、なんなのですか……？」

「あーなんだったか……確か……そうだ。『腐敗した人間たちを滅ぼして、世界を救う』とかっていう、いかにも怪しい感じの話をしてたね」

それはなんとも言えず、過激だ。

しかし状況が状況なだけあり、気になる宗教団体ではある。

すると、座長が顔をしかめた。

「ま、まあそんな胡散臭《うさんくさ》いやつらが幅を利かせ始めたせいでな……いさかいが増えたんだよ。そのせいでひと悶着《もんちゃく》あってな……これ以上巻き込まれたらたまらんから、さっさと帰ってきたわけさ」

「いやでも座長は正しかったと思いますよ。信仰なんて好きにすりゃいいのに、入信しなかった人間を攫《さら》おうとするとか……正気の沙汰じゃないし」

思っていた以上に過激な話に、皓月は目を見開く。

「最近になって出てきたんですか？」

そう問えば、座長は首を横に振った。

「前から、そういう旅芸人一座があるって話自体は聞いてたかな。確か……前座長の頃だから、十年以上前か？」

「え。その話、そんな前から出てたんですか？」

「ああ。けど幅を利かせ始めたのは、ここ二、三年かな。勧誘方法が過激になって、もめごとが増えたのもそのせいだろ」

「……それは怖いですね」

そう俯き気味に言いつつも、皓月の頭は忙《せわ》しなく回転していた。

皓月が気になったのは、その宗教団体の教典が胡神美《こじんび》が抱いていた破滅思想を彷彿《ほうふつ》とさせるものだったというところ。

そしてここ二、三年の間で活動が過激化したというところだった。

できればもう少し踏み込みたい。

そう思った皓月は、躊躇いがちながらも問いかける。

「そ、の……できればその方々の特徴などを教えてもらえませんか……？　うっかり遭遇したら怖いので……」

「もちろん」

そう言うと、座長は割とあっさりその宗教に入っている一座と言うのを教えてくれた。商売敵ということもあり、遠慮がないのだろう。

「んで、教祖様ってのが、金髪碧眼《へきがん》の美女らしい」

「金髪碧眼……」

「まあ、基本やりとりは天幕を挟んでってことらしいが、見たやつがいるんだよ。だから声かけてくるこの座員たちと、金髪碧眼の美女には気をつけな」

「はい。ありがとうございます」

そう言ってから、皓月は適当な理由をつけて会計を済ませ、場を離脱することにした。

座長は「考える時間が欲しい」と言う皓月の回答に渋ってはいたが、ここで攻めすぎると皓月が怖がると思ったのだろう。「何かあったらすぐにここに来な！」と自分たちが泊まっている宿屋の場所まで教えてくれた。

それを頭に入れつつ、皓月は店を出る。

想像よりも長居してしまいましたが……おかげでよい情報が手に入りました。

これならば、きっと優蘭も喜んでくれることだろう。

最近の彼女はどちらかというと落ち込んでいることが多かった。それを、皓月はとても心苦しく見ていたのだ。皓月が思い切って「珠麻王国に行こう」と言ったのも、そのためである。

何があったとしても、優蘭の笑顔だけは守りたい。

そして皓月はそのためならば、なんだってできるのだ。

そう思っていると。

「あ、皓月に会えたわ！　わたしって結構運がいいのかしら？」

そう、声をかけてくる人物がいた。皓月は思わず固まる。

頭から足先付近までをすっぽりと帽巾《ぼうきん》付きの外套《がいとう》で覆った、なんとも言えず不審な人物だ。普段であればそんな人物が目の前に現れた瞬間、皓月は刺客か何かかと思うだろう。

しかしそんな人物から放たれたその声を、皓月はよく知っている。

顔を合わせる機会はそう多くないが、不思議と耳に馴染《なじ》み、瞬時に誰なのかと分かる声。

まさかそんな、と思いながらも声のする方に顔を向ければ、そこには自分と瓜二《うりふた》つの女性の姿があった。

「麗月……!?」

「お久しぶり、皓月。とっても会いたかったわ！」

そう言い、蕭《しょう》麗月――皓月の双子の妹は、ひらひらっと手を振ってきたのだった。

第三章　寵臣夫婦、隣国の旧友と相対する

昼過ぎ。

皓月《こうげつ》と宿屋にて合流した優蘭《ゆうらん》は、色々な意味で戸惑っていた。

それは何故《なぜ》かと言うと——

「いや、久々に来ましたが、ここは相変わらず賑《にぎ》わっていますね〜」

……自身の義妹であり、健美省《けんびしょう》女官としても信頼を置いている女性、こと麗月《れいげつ》が、目の前にいるからだ。

…………いや、本当になんで⁉

そんな気持ちを、彼女を連れてきた皓月に視線だけで向けてみたのだが、彼自身もよく分かっていないらしく、首を横に振っている。

「その辺りの説明は、優蘭と合流してからと言われていまして……」

なるほど、二度説明する手間を省いたわけね。

効率的で大変優蘭好みの選択だが、それにしたってよく分からない。

優蘭の記憶が正しければ、麗月には後宮の一切合切を任せてきたと思うのだが。

その気持ちが顔に出ていたのだろう。帽巾付きの外套を外した麗月は「言いたいことは分かります。今から説明しますね」と笑い、窓辺の椅子に腰掛けた。

その顔がキリッとしたのを見て、優蘭は麗月が仕事時の態度に変わったことを悟る。

「わたしも、ここへ来るつもりはなかったのです。優蘭様からお仕事を任されていましたし。ですが、邱充媛《きゅうじゅうえん》様から気になるお話を伺ってしまい……必要だと思ったので、ここへ来ました」

「……必要？」

「はい」

そう切り出し、麗月は詳しく話をしてくれる。

――曰《いわ》く。

優蘭たちがちょうど都を後にした頃、神美《じんび》からの文が届いたそうだ。

そのとき、藍珠《らんじゅ》は今までずっと気になっていたができなかったことをやろうと考えたらしい。

「それが、この文を届けているのが一体誰なのか、ということでした」

「……ああ、なるほど。その情報は、充媛様だけでは絶対に調べられないものね……」

麗月は頷《うなず》いた。

「仰《おっしゃ》る通りです。邱充媛様は基本的に、あまり目立った行動をされない秘密主義の方です。侍女も少なく、そうなると外部協力者を見つけること自体が困難ですから」

しかしそこで現れたのが、優蘭を含めた自身が秘密を打ち明けた者たちの存在である。

優蘭、皓月、皇帝、陽明《ようめい》、慶木《けいぼく》、紅儷《こうれい》。そして情報を明かし済みの空泉《くうせん》。

今まで頑《かたく》なに自身の過去を秘匿してきた女性からすれば、この人数が自身の情報を知っているということそのものが凄《すさ》まじいという他ない。

その上で優蘭は健美省から一人だけ、藍珠に許可を取り秘密を打ち明けていた。

それが、麗月である。

「邱充媛様は、わたしに協力して欲しいと頼んできました。そしてわたしも、情報を得るいい機会だと思ったのです。ですから、以前優蘭様が教えてくださった方法でこっそり陛下に会いに行き、お願いすることにしました。陛下は快く請け負ってくださり、郭《かく》将軍にお役目を任せたのです」

優蘭の気のせいだろうか。麗月の行動力に、なんだか大変見覚えがある。

……うん、お義母様《かあさま》だわ……。

珀璃美《はくりび》。優蘭の義母であり、皓月と麗月の母親だ。

子は親に似る、とはよく言うが、ここまでそっくりだと、逆に感心してしまう。

何より、その行動力には脱帽した。許可証を持っていない女官が宮廷に現れたことが知られれば、大いに騒ぎになるからだ。

そのため、感心しすぎて思わず押し黙っていると、皓月が眉を八の字にした。

「麗月がそのような危険なことをせずとも……宦官《かんがん》長辺りに頼んでからのほうが安全だったのではありませんか？」

「もちろんそれも考えましたが、事は急を要したのです。なんせ、邱充媛様が文を送り返しているのは、いつも届いた翌日だそうなので」

それは確かに、かなり急を要することだ。もし宦官長を間に挟んでいたら、間に合わなかったかもしれない。それくらい、手続きというものは本来、通すまでに時間がかかるものなのである。

それでも渋い顔をする皓月に、麗月は胸を張りながら言った。

「わたしだって健美省の一員です。これくらいのこと、やらずしてどうしますか」

「それはそうですが……」

「……郭将軍はこの行動力を褒めてくださったのですが、珀右丞相《うじょうしょう》は褒めてくださらないのですか？」

すると、皓月のほうから少しばかり、剣呑《けんのん》な空気が漂ってきた気がした。

優蘭が思わずびくつく一方で、皓月が満面の笑みをたたえながら問う。

「……麗月。郭将軍はなんと？」

「『皓月に似ず、行動派だな。素晴らしい』と言ってくださいましたよ？　他にも、『いっそのこと逆だったならば、わたしもやりやすかったのだが』とも言っていましたが」

この瞬間、珠麻王国《じゅまおうこく》から帰還した後、慶木がぼこぼこにされる運命が確定した。この口は禍《わざわい》の元、とはよく言うが、郭慶木という男はそれを地で行くところがある。

双子に関して、その辺りの指摘は禁忌なのだが。本当によくやるなと、優蘭は感心した。

どちらにせよ、慶木がいるのであればほぼほぼ作戦は成功したようなものだろう。

そして実際、成功した。その結果がこれだ。

「文の中継役を担っていたのはどうやら、とある旅芸人一座だったようです」

「……ああ、そうですか。納得しました。確かに旅芸人一座であれば、検問に引っ掛かることなく文を行き来できますね」

「その通りです、珀右丞相。そして胡《こ》神美は元々、旅芸人一座にいました。邱充媛様のお話だと、邱充媛様がいらした旅芸人一座から引き抜かれて、珠麻王国を経由して各地を回っていたみたいです。その伝手《つて》を、今も使っているのでしょう」

麗月と皓月の会話を聞きながら、優蘭も納得していた。

そっか、旅芸人一座……。

優蘭も、神美がどのようにして藍珠と連絡を取っているのか、気になっていたのだ。しかし神美が旅芸人一座と繋《つな》がっていること。そして元旅芸人一座の踊り子であったことを知れば、その経路を知るのは前よりもずっと簡単だ。

何より、返事を翌日にと急《せ》かしている辺りも、きっと彼らの予定が不定期だからというのもあるのだろう。ひとところにとどまらないのが旅芸人なのだから。

しかし皓月はどうやら、さらに何か思うところがあったらしい。神妙な顔をしつつ口を開いた。

「……優蘭。実を言いますとわたしは、烏兎堂《うとどう》で興味深い話を伺ったのです」

そう言い、皓月は旅芸人一座の間で妙な新興宗教・沙亜留《シャール》教が蔓延《まんえん》しているという話をしてくれた。そしてその宗教の教典は『腐敗した人間たちを滅ぼして、世界を救う』で、それが神美が持つ破滅思想と合致することも。

「もしこの教祖が胡神美だとすれば……彼女はこれだけの旅芸人一座という名の協力者を各国に持っていることになります」

皓月はそう言うと、自身が聞いたとされるその沙亜留教に取り込まれた旅芸人一座を木簡に書いていく。その数が十を超えた辺りで、優蘭は薄ら寒いものを感じ取っていた。

すると、麗月が驚いたように目を見開く。

「珀右丞相はそんなところまで情報を掴《つか》んでいたのですね」

「と言うと、麗月にも覚えが？」

「はい。というよりそれが、わたしがわざわざここまでやってきた理由でもあります。後宮へ来る前のわたしが、旅芸人一座で働いていたことはご存じですよね？」

「ええ」

それは夏頃、他でもない麗月自身が教えてくれたことだ。麗月が自分自身のことについて語るのはあのときが初めてだったため、よく覚えている。

すると麗月は、人差し指を立てながら言う。

「そこにいた際に、わたしはとある旅芸人一座の噂《うわさ》を聞いたのです。それが、先ほど珀右丞相が仰っていたものと同じものでした」

「わたしが聞いた話によれば十年以上前から噂自体はあったそうですから、きっとそれででしょうね」

皓月の言葉に、麗月は頷いた。

「わたしも、当時いた一座の座長に気をつけろと釘《くぎ》を刺されたときは、そんなまさかと思っていました。実際に遭遇したことはなかったですし。ですがここにきて、旅芸人一座と胡神美との間に、今も繫がりがあることが判明しました。それを深く探るのであれば、旅芸人一座に関しての知識があり舐《な》められやすいわたしが適任だと思ったのです」

そしてそれを、皇帝が認めて送り出した。いや、この場合、最終的な判断を下したのは陽明かもしれない。どちらにせよ、麗月以上の適役はいないという点に関しては、優蘭も同感だった。

それ以上に、優蘭は神美が敢《あ》えて宗教という形を取ったことが気にかかる。

こう言ったらなんだが、苦しい思いをして地べたを這《は》いずり回《まわ》りながら生きている人間は、この世に山といる。

それくらい、この世界は不平等だ。

……それこそ、砒素《ひそ》毒を幼い頃から飲まされて、無意識のうちに暗殺者に仕立て上げられた、あの白桜州《はくおうしゅう》の集落の人々ように。

そしてそんな人間たちを心酔させるのは、そう難しいことではない。

食事や服といった施しを与え、居場所を与え、甘く優しい言葉をかけ、誰を憎むべきなのか誘導し、自分たちは正義の立場にあるのだと、信じさせればいい。その際の目的が明確であれば、彼らは愚直にも手を差し伸べてくれた者を信じるから。

それはもう、一途《いちず》に。

こういう形で得た協力者の恐ろしいところは、教祖の言葉を全くと言っていいほど疑わない点だ。特に神美が行なっていることは、洗脳に近いだろう。

疑わない相手というのは、実に使い勝手がいい。なんせ何を指示しても必ずこなしてくれるから。それがたとえ、他人の命を摘み取る行為であったとしても、自殺行為であったとしても。

そんな集団がこれだけ幅を利かせていることも問題だが、それが旅芸人一座だという点に、狡猾《こうかつ》さを感じる。彼らは、周囲に疑われることなく各国を回ることができるからだ。

問題点を挙げるのであれば、洗脳が解けないようにするための管理が若干難しい点、そして信徒を作るまでにかなりの時間がかかる点だろうか。

正直、効率を重視するのであれば燃費が悪いことこの上ないが、復讐《ふくしゅう》に取り憑《つ》かれた神美の話を藍珠から聞いていたこともあり、彼女ならやりかねないという気持ちがあった。

そうなると、私の想像よりもずっと用意周到に計画してきている気がするわね……。

それは皓月と麗月も思ったのか「胡神美、侮れませんね……」などと呟《つぶや》いている。

二人の言う通りだ。侮れない。正直、王虞淵《おうぐえん》と王魅音《みおん》に関しては、二の次にしていくらい底が知れない女性だった。

麗月が、後宮での仕事を後回しにしてでも、ここに乗り込んできた意味が分かるというものだ。

そう思った優蘭は、麗月に向けて笑みを浮かべた。

「ご苦労様、麗月。国境を越える前に出会えて良かったわ。正直、会えない可能性もあったし」

「そう言っていただけると、わたしも馬を駆って全力疾走してきた甲斐《かい》があります」

そこで仕事用の顔は終わったのか、麗月はにこりと柔らかく微笑《ほほえ》んだ。

「それと、お義姉様《ねえさま》。わたしは一応、ある程度目星をつけて烏兎堂にいました」

「そうなの？」

「はい。白丹にいる女性客のほとんどは、烏兎堂を利用するものですからね」

まさか、女装した皓月がいるとは思いませんでしたけど。

そう言われ、大変気まずい気持ちになる。

しかしそこに触れると泥沼なので、敢えて流す意味も込めて明るく告げた。

「と、とりあえず、本当にご苦労様！　それと、旅芸人一座のほうを調べると言っていたけれど……無理しなくてもいいのよ？　もしものときは私たちでも調べるし」

「いいえ、ご心配なく。というより、知り合いのいる一座が白丹にいましたので、調べ始めています」

「え」

「ついでに言いますと、その一座で何日か踊ることを条件に、一時的に座員になりました！　なのでわたしも今日、お二人と一緒に国境を越えます！　あ、もちろん別行動ではありますが」

麗月の行動があまりにも素早くて、優蘭の頭がついていけていない。

というより、そんなに知り合いの一座ってすぐに見つかるもの……？　それともそれだけ人脈があるってこと……⁉

混乱のあまり一時的に脳が停止しかけたが、優蘭はなんとか頭を回した。「大丈夫、これくらいの予想外は今までいくつも体験した」と自分に言い聞かせつつ、だが。

どちらにせよ、麗月が旅芸人一座の件で動いてくれるなら、ありがたいことに変わりはない。

だって私と皓月が一番やらなければならないことは、皓月の旧友に会うこと。そして珠麻王国の国境沿いで、今どんな動きがあるのか探ることだもの。

その上で旅芸人一座のことを調べようとなると、正直人手が足りない。

玉《ぎょく》商会の人間に頼むという選択肢もないことはないが、下手に関わらせると何かあったときに政治的問題に巻き込んでしまう可能性が高いため、「移動手段として使っただけ」程度にとどめておきたかった。

もちろん、私が頼めば事情を聞かなくてもやってくれるだろうけれど……それは最終手段にしたい。

そういったこともあり、優蘭の中から「麗月を帰らせる」という選択肢は消えた。

そのため、少し躊躇《ためら》いつつも頷《うなず》く。

「……分かったわ。けれど、深入りはしすぎないこと。そして終わったら、一緒に帰ること。これでどう？」

「分かりました。予定はどんな形ですか？」

そう言われた優蘭は、皓月と顔を見合わせる。

「皓月、一応予定より一日多く滞在して、向こうの国境沿いの様子も調べる……という形で大丈夫ですか？」

「はい、大丈夫ですよ。十二分に、杏津帝国《あんつていこく》に派遣する使節団の準備時間は取れるでしょう。それに」

「それに？」

「帰りはわたしだけ、馬で帰るつもりですので。時間に関してはそこまで気になさらなくて大丈夫ですよ。我が家の馬であれば、雪道であろうとも駆け抜けられますから」

どうやら一度、自領に寄って馬を調達してから、最速で戻ろうと考えていたようだ。

確かにそれなら、皓月だけ先に戻れるし……ありね。

ついでに言うのであれば、優蘭たちの行動を知る者がいたとしても、攪乱《かくらん》できる。

優蘭は一つ頷いた。

「分かりました。……ということだから麗月、明々後日《しあさって》の朝、集合ね。泊まる宿は……」

そう呟きながら、優蘭は滞在予定の宿の名前を紙に書き、麗月に渡す。

それを受け取った麗月は、中身を確認して頷いてからひらりと立ち上がった。

「では、わたしもそろそろ行きますね。向こうでまたお会いしましょう」

「ええ。くれぐれも気をつけるのよ」

「お義姉様も皓月もですよ」

「ええ。お互いに気をつけましょう。さっき聞いた話によると、珠麻王国側も何やらありそうだから」

そう言い、優蘭は先ほど商人たちから聞いた話を二人にした。すると麗月は「そういえばそうでしたね」と納得した顔を見せる。

「その辺りについても、わたしのほうでも調べてみます。……それでは」

そう言い残し、麗月は外套の帽巾を被《かぶ》り直すとそのままひらりと立ち去ってしまった。

それを見送った優蘭は、少しして皓月の方を見る。

「あれは……お義母《かあ》様仕込みと見ていいのでしょうか……」

「……どうなの、でしょうね……麗月が長期間一緒にいたのは別の方なのですが……いえ、ですがその方々もだいぶ破天荒で、各地を渡り歩いていたと言いますので、似たことは事実かと。それに養父母も、母の友人だと聞きますし」

なるほど、類は友を呼ぶほうだったか……。

どちらにせよ、麗月がここまで行動的になったのは夏の避暑地行きからだ。きっとこちらの方が素なのだろう。

この調査、何事もなく終わりますように。

そしてどうか、実りある情報が手に入りますように。

そう祈りつつ、優蘭と皓月は関所を通るギリギリまで調査を続け。

夕方、やっとのことで関所を通り宿を取ってから、明日に備えたのだった。

＊

珠麻王国と黎暉大国《れいきたいこく》の国境沿いに位置する街の名を、黎暉大国では世紗《せしゃ》と呼ぶ。

珠麻王国語での正しい発音は『シェシャ』だし、そもそも珠麻王国自体の発音も違っていて当て字なのだが、まあそれはさておき。

珠麻王国は黎暉大国よりも標高差が激しくない上、周りが陸続きということもあり、黎暉大国ほど雪が降り積もらない地形をしている。

もちろん世紗は黎暉大国最北を越えた先にあるため寒さは言うほど変わらないが、それでも海側からの吹き荒《ふすさ》ぶ風が届かない分、過ごしやすいのだ。

代わりと言ってはなんだが、同時に雨が少ないため比較的空気が乾いている。その分火事が起きやすいため、珠麻王国には木造建築が少ないのだとか。

そんな珠麻王国の関所を潜《くぐ》り抜《ぬ》けた先には、青い陶瓦貼りの建物が連なっていた。

赤が基調となっている黎暉大国とは一変、青が基調の建物が多く混在しているここは、似たようなものが数多くあるにもかかわらず、異国だということを教えてくれる。

屋根の形も三角ではなく、上に鋭く突き出した円錐《えんすい》形が多い。

黎暉大国風の建物もあるがまぜこぜというわけではなく、しっかりと区画ごとに分かれているのが特徴だった。

その黎暉大国風……その中でも石造りの建物も青色を基調としていて、店先に吊《つ》り下《さ》げられている行灯《あんどん》なども青系だ。そのため、似た雰囲気でありながら別世界に迷い込んだような、そんな感覚にさせられるのがこの世紗という街だった。

また杏津帝国風とされる、台形のような形をした屋根が特徴の建物がある区画もある。近接する周辺国に合わせた特徴を取り入れつつ、同時にそれを棲《す》み分《わ》けさせる文化はある意味、珠麻王国ならではかもしれない。


そんな街並みを眺めながら、優蘭と皓月は約束の場所に向かっていた。

場所は珠麻王国風の建築が建ち並ぶ区画の、一角にあるカフェ《甘味処》だ。

この街相変わらず、どこにもカフェ《甘味処》があるわねー。

珠麻王国民は甘いものが大好きだ。そのため、街中のどこにでもカフェ《甘味処》があることで有名だった。

また飲み物もお茶……特に紅茶がよく飲まれていて、場所によっては珈琲《コーヒー》と呼ばれる植物の豆を煎って細かくし、煮出したものを飲むらしい。

優蘭も珈琲は飲んだことがあるが苦味が強く、またお茶とは違った苦味の種類に飲むのを断念したのをふと思い出した。

そうこうしているうちに目的地であるカフェ《甘味処》に到着する。

『エラム』——黎暉大国でいうところの楽園という名がつけられたカフェ《甘味処》は、外観からして異国情緒あふれる佇《たたず》まいをしていた。

白亜の建物に青系統の陶瓦が模様を生み出す形で貼り付けられており、店先に吊るされている明かりも幾つもの色硝子《ガラス》を組み合わせた美しい作りをしている。

珠麻洋灯《ランプ》、と呼ばれるそれは、珠麻王国ならではの工芸品だ。

そんな上品な外装の店に入れば、まず受付に案内された。

『いらっしゃいませ。本日はどなた様からのご紹介でしょうか』

『アーヒル・ラティフィからです。予約を取ってあるという話だったのですが』

皓月が流暢《りゅうちょう》な珠麻王国語で受け答えをする。スラスラとよどみなく美しい発音は、まるで歌うようだ。

優蘭も珠麻王国語はもちろん習得しているが、ここまでよどみなく言えるかと聞かれたら、無理だと言える。

なので優蘭は「さすが、七年間皇帝のせいで留学させられてた人だわ」と思いつつ、となりで黙ってやりとりを聞いていた。

そして受付の女性はというと、『アーヒル・ラティフィ』という名前を聞いた瞬間、顔色を変える。

そしてすぐに係の人間を呼びつけると、個室に案内してくれた。

それだけで、今回会おうとしている皓月の旧友がかなりの上客だということが窺《うかが》える。

それにしても……『エラム』には初めて入ったのだけれど、噂《うわさ》通りのすごい店ね。

昼間はカフェ《甘味処》、夜は高級料理店になるここは、一見様お断りの完全紹介制の店だ。

また、どの席も完全個室で、貴族や大商人といった特別な人間たちが好んで使う場所とされる。もちろん、優蘭はそれに該当しないため、来るのは初めてだ。

紹介制の店ということもあり、どこも洗練された調度品が置かれており、足元の絨毯《じゅうたん》もかなりの高級品だと分かる。

きちんと掃除が行き届いているらしく、どこもピカピカだ。さすが高級店。

ここに入れたというだけで優蘭としてはかなりの勉強になるのだが、しかし本題はそこではない。

『どうぞ、こちらのお部屋になります。アーヒル様はすでに中でお待ちです』

そう。皓月の旧友――アーヒル・ラティフィに会いに来たのだ。

店員の案内と同時に個室に入った優蘭は、中にいた一人の男性に目を向けた。

柔らかそうな長椅子にゆったりと腰を下ろしている二十代後半ほどの男性は、浅黒い肌に金色の髪をしている。切れ長な瞳は茶色だ。

どことなく冷たい印象を受ける顔だが、間違い無く女性に好かれるであろう。

類は友を呼ぶ、というのはこういうことかしら。

そう思い、少しばかり感心していると、襟まである珠麻王国の服に身を包んだ彼は、皓月の姿を確認するとぱあ、と顔色を変えた。

『コーゲツ！　よく来たね！』

まるで子犬のように明るい笑みを浮かべ、歓迎する雰囲気をひしひしと感じるアーヒルに、優蘭は呆気《あっけ》に取《と》られる。

その一方で皓月は、慣れた様子で『お久しぶりです。お元気そうで』と言いながら、優蘭のことをさりげなく席に促してくれた。

『手紙でも書きましたが……紹介します。彼女がわたしの妻、優蘭です』

『ああ、話には聞いてるよ！　ユーラン！　とっても美しい女性だ。艶《つや》やかな髪がまるで黒真珠のようだね』

『初めまして。お褒めいただきありがとうございます。どうぞよろしくお願いします』

アーヒルが大袈裟《おおげさ》に優蘭のことを褒めているが、それはこの国ならではの女性に対してのお決まりの挨拶、みたいなものだ。下手に謙遜をすると、逆に不愉快な気分にさせてしまうとか。

なのでここでの正解は恥じらうようなことはせず、笑顔で受け入れることである。

珠麻王国語で答えれば、アーヒルは満面の笑みで胸に手を当て『よろしく』と頭を下げてくる。

珠麻王国流の挨拶の仕方だ。

それに優蘭も同じように返しつつ、冷静に判断する。

……初めてこの人の名前を聞いたときは、皓月がこんな大物と友人だという話を信じ切れなくてかなりしつこく聞き返してしまったのだけれど……本物ね。

ラティフィ。

その姓を知らない者など、珠麻王国には存在しない。

大商人ラティフィ家。

珠麻王国でも一、二を争うくらいの大富豪だ。

聞けば、アーヒルはその家の六男なので後継ではないらしいが……それでも、そのラティフィ家との繋《つな》がりは貴重だ。

もし優蘭が商人のままだったのであれば、喉から手が出るほど欲しい繋がりだっただろう。それくらい、珠麻王国における大商人の影響力は、王族や貴族よりもずっと強いものなのだ。

珠麻王国では、建国時に王家に貢献した一族を貴族として扱っている。そして初めのうちはそれゆえに、敬われていたそうだ。

なのだが、貴族たちは建国以降目立った行動もなくただふんぞり返るだけ。もともと名よりも実を取る民族性ゆえに支持されていたということもあり、庶民たちはあっさり貴族たちを見限った。

そこに目をつけたのが、商人たちである。

そうして商人たちが幅を利かせ始め、尚且《なおか》つ威信を保つために金が必要だった王家や貴族たちに対して金銭的に有利に動き始めたことで、影響力はあっさり反転したらしい。

王家や貴族たちが対処しようとしたときにはもう遅く、珠麻王国はあっという間に商人優位の国になったのだ。

改めて思うが、なんとも言えない国である。

そういう背景もあり、珠麻王国に王族と貴族はいるのだが、それは形骸的なものになっている。

領地を貴族ではなく宮廷から派遣された領官が治めているのが、その最たる象徴だと言えよう。

優蘭が昨日会った商人たちに、和宮皇国《かずのみやこうこく》のものが入りやすくなってきた話をしたが、そのときに引き合いに出したのが皇族でなく大商人の夫人たちだったのは、そのためである。黎暉大国のように、貴族たちが領地を治めているわけではないのだ。

――と色々語ったが、今重要なのはそこじゃない。

この大商人一族の六男。彼が、紋章学の学者であるということが大事なのだ。

この辺りを学問として認めている点が、珠麻王国が珠麻王国たる所以《ゆえん》の一つだろう。

珠麻王国は、知識というものを何より大切にしている。民族性なのか分からないが、知的好奇心旺盛で学ぶことが何より好きな人間が多いのだとか。

そのため、紋章学というこんな変わった学問ですらその道の専門家がいる。

……と言ったが、学ぶには金が必要だ。それも多大な。

そのため、学者になるには商人たちからの援助か、もしくは商人一家の息子である必要があるとされている。

つまりアーヒルはその中でも、後者というわけだ。

人懐っこい笑みを浮かべながら、アーヒルは皓月に語りかける。

『それにしても、本当に久しぶりだ。まさか君の方から連絡をくれるなんて思わなかったよ。なにせ君たちは、国の事情で修業する前に出て行ってしまったからね……話し相手がいなくなって、とても寂しかったよ』

『陛下は、あなたのこだわりっぷりにいたく感心していましたからね……』

二人のやりとりを、優蘭は紅茶を飲みつつ黙って聞く。

第五皇子とその従者、大商人の六男という意外な繫がりだが、どうやら単純に気が合ったようだ。

何よりアーヒルのこの気さくかつ明るい感じが、皇帝の心に響いたのだろうな、と優蘭は思う。

皇帝はなんだかんだ言って、礼儀よりも相手の態度を自分が気にいるかそうでないかを重要視するところがあるので。

そもそも留学なんてしたのは、祖国のあれやこれやがわずらわしかった、というのもあるでしょうし……。

と、当時の事情を一通り聞いていたこともあり、思う。

そこまで考えてから、優蘭は自身が皇帝に関しての理解をより深めている事実に気づき、そっと思考を放棄した。

これ以上、あの男への理解を深めたくはないので。

そんな形で形式的な挨拶をし、最高品質の紅茶を飲み交わして軽く談笑をし——といった、この国ではお決まりの会話の流れを踏襲してから、いよいよ本題に移る。

『アーヒル。手紙で言っていたものはこれです。もしかしますと、紋章ではないかも知れないのですが……』

『いいさいいさ！　僕としては、あのコーゲッにまた会えたというだけで十分価値があるからね！』

と言いつつ、アーヒルはわくわくした雰囲気を漂わせている。それがたとえ紋章でなかったとしても、彼にとっては価値のあるもののようだ。

皓月が布袋に入れていた指輪を見せると、アーヒルの表情が明らかに変わるのが分かった。

『ほう、これは杏津帝国のものだね！　使われている石は藍玉《サファイア》……それも濁りがなく透明度も高い一級品だ。指輪の裏側を見る限り、作られたのは今から六十年くらい前だね。金も純金だ。ここまでのものを用意できるとなると、かなり高位の貴族だろう』

さすが、腐っても商人の息子らしい。指輪を見ただけで、宝石や金の質からいつ頃作られたものなのかまで、すらすらと述べてくれる。

その中には、杏津帝国語が読めないゆえに解読できなかった情報まであり、優蘭は内心感激した。

しかしアーヒルとしてはやっぱり、気になるのは紋章部分なのだろう。指輪の宝石部分を回して、例の模様が刻まれた部分を見る。

瞬間、アーヒルの表情が固まるのが分かった。

え、何。どういうこと……？

その表情からただならぬものを感じ、優蘭と皓月は目だけでお互いに合図を出し合う。

だが口を挟めるわけもなく、黙ってアーヒルが口を開くのを待つ。

それから少しの静寂の後、アーヒルはこちらを見た。

『二人とも。これは、紋章で間違いないよ』

『……ですが、杏津帝国で使われている紋章の一覧に、載っていませんでした。それに、紋章としての条件を満たしていません』

『うん、正しく言い換えよう。――これは、副紋章というものだ』

副紋章？　と優蘭と皓月の心が一つになる。

その疑問に答えるように、アーヒルは詳しく説明をしてくれた。

『副紋章というのは、個人を表す徴《しるし》なんだ。だから紋章とは違い、かなり自由度が高い。縁起を担いだものや好きな動植物……また、出身地などを象徴とするものが採用されることが多いんだ。もちろんこれも届出を出して記録し、保存される』

だから杏津帝国には紋章官なんていう仕事もあって、よっぽどのことがない限り各貴族家で重宝されるんだよ、とアーヒルは付け足した。

なるほど……紋章って、相手の家柄だけじゃなく、個人を識別するための徴でもあるのね。

確かにそれでは分からないし、優蘭たちがぴんとこないのも無理はない。黎暉大国における紋章というのは家を表すものだけで、個人を対象にしたものはないのだ。

また、杏津帝国の紋章ほど複雑ではない。結婚したら使う形が変わるとか、一体どうなっているのだ、と確認した際にこんがらがったので、余計にそう思った。

ただアーヒルとしては、その辺りに浪漫《ロマン》というものを感じるのだろう。語り口からして、そういう雰囲気をひしひしと感じた。

古今東西、自分の好きなものについて語るときは声が大きくなったり高くなったり、何より早口になったりするのは変わらないのだ。

しかし副紋章について語っていたときは嬉《うれ》しそうな顔をしていたのに、肝心の「その副紋章は誰が使っていたものなのか」に関して、アーヒルは口を開かない。

それにたまりかねたのか、皓月が口を開いた。

『その、アーヒル。わたしたちも、あまり時間がないのです。その副紋章が誰のものなのか、お分かりになりますか？』

そう聞いた瞬間、アーヒルの顔が指輪の模様を見たとき同様に硬くなる。

彼は少し逡巡《しゅんじゅん》した後、ふう、と息を吐いた。

『コーゲツが、一体どこでこれを手に入れたのかは分からないし、聞かないけど……君たちの外交の妨げになる可能性がある、とだけは最初に伝えておくね』

『はい、分かりました』

ここまで前置きをされるなんて、本当に一体これ、誰のものなの……？

優蘭が内心首を捻《ひね》りつつも、アーヒルの次の言葉を待っていると。

『――これは、杏津帝国の先代皇后のものだ』

とんでもない爆弾が落とされ、優蘭は言葉を失った。

……………先代皇后？

思考を放棄し始めている中、アーヒルは詳しく副紋章について説明してくれる。

『僕も、現物を見るのは初めてだけど……間違いないよ。一角獣に、冠。一角獣は、先代皇后の生家……それも直系筋のみが使っていいとされている想像上の生き物でね……直系筋がいなくなってしまったから、今一角獣の図案を使っている貴族はいないはずだ。また冠は副紋章であれ、王族にしか使えない特別な図案なんだよ。そして背後にある木々は、針葉樹……先代皇后の故郷にある、漆黒の森を表している』

この馬らしきもの、一角獣というのね……。

しかも、杏津帝国由来の想像上の生き物だという。黎暉大国で言うところの牡丹《ぼたん》の精霊や瑞獣《ずいじゅう》のようなものだろうか。なるほど、これは優蘭と皓月が分からなくても仕方がないだろう。

そこで、アーヒルが一度紅茶を一口含み、口を湿らせる。

そしてまた丁寧に語った。

『先代皇后が皇族に嫁入りする際に作った副紋章だというのを、資料で読んだよ。指輪の裏にある作成年から見ても、間違いない』

優蘭と皓月は揃《そろ》って、顔を見合わせた。

とりあえず、問題は大きく前進したけれど……予想よりも大変なことになりそうな予感をひしひしと感じるわ……。

正直、成金《なりきん》が作った見せかけのものだとばかり考えていた優蘭としては、この事実に衝撃を隠せない。

そしてそれは、皓月も同じだろう。

問題は、どういう経緯でその指輪が充媛様の母親に渡ったか、よね……。

しかしそれを考えるのは、今ではない。

そう自分を落ち着かせてから、優蘭はふぅ、とばれないように息を吐いた。

そして笑みを浮かべる。

『アーヒル様。教えていただき、誠にありがとうございます』

『いや、いいんだ。僕もとても珍しいものが見られたからね。この副紋章はそうそうお目にかかれるものではない。……皇家から、盗まれでもしない限り』

暗に「盗品を入手したのであれば、早々に手放しておいた方がいい。杏津帝国と戦争になる火種になるぞ」と言われているが、正直それどころではないのだ。それに、見当違いもいいところである。

けどひとまず……この件は置いておきましょう。

そのため、優蘭は笑顔で『お気遣いありがとうございます』と述べてから、これからのことを考えて頭を回転させた。

正直、アーヒル様に珠麻王国の動きに関して聞きたいことがあるのだけれど……彼に渡せるだけの対価を、私たちは持ち合わせていないのよね。

アーヒルが今回話を受けてくれたのは、相手が旧友の皓月だったからというのと、彼が知的好奇心旺盛な学者だったから、に他ならない。

現物から得る知識と書物といった記録媒体から得る知識。

どちらの方が価値があるかと問われたら、優蘭でさえ前者だと言うだろう。つまりそういうことだ。

しかしそれ以上を求めるとなると、こちらから提示できる条件がない。

なんといったって、相手はあの大商人ラティフィなのだ。六男といっても金は持っているだろうし、この慣れた雰囲気からして、彼は別に商売ができないわけではない。

否、むしろ商売もできるが、あえてそれをやらずにいる人だ。でなければ遠回しにこちらに忠告してきたりなどしない。

となると、真面目に駆け引きが必要になるのだが、彼の情報を集めるのには時間が足りなかったので、欲しいものなど分からない。

新たな希少紋章などがあれば確実に飛びつくだろうが、そんなものそう転がっているものか。

やはり強行軍はこういうとき、痛い。情報は何よりの力だと改めて感じた。

そのため、優蘭が残念に思いつつ、話を切り上げようと考えていたそのときだった。

『さて。ここからは僕が、君たちと商談をする時間だ』

――予想外の人間、アーヒル・ラティフィが、予想外の取引を持ちかけてきたのは。

優蘭は思わず、皓月のことを見た。もちろん、視線を動かす程度のものだが、彼は優蘭を見ずに、ただアーヒルを見つめている。

そのことから、優蘭は皓月が『アーヒルの友人』から完全に『右丞相』としてとなりに座ったことに気づき、自身も姿勢を正した。

そう。ここからは、仕事の時間である。

『……どういうことでしょう、アーヒル』

うっすらと笑みを浮かべたまま、皓月がアーヒルの出方を窺《うかが》う。

するとアーヒルも、先ほどの人懐っこい笑みではなく美しく形作った笑みを浮かべた。

『簡単な話さ、コーゲツ。僕……というより、ラティフィ家が、君たちと取引をしたいと言っている』

『……わたしたちと、ですか？　こう言ってはあれですが、わたしたちでは、あなた方が望むものをご用意できないと思うのですが……』

『いや、できる。君は右丞相だから。それに、君たちにとっても利益があることだよ？　だって……僕たちの要求は、黎暉大国と杏津帝国の間で起きる戦争を止めてほしい、というものなんだから』

二度目の災害、ここに来たり。

今日はとんだ厄日だと、優蘭はそっと拳を握り締めた。

しかし問題は、アーヒルが何故《なぜ》それを知っているのか。また、アーヒル……ラティフィ家に一体どう関係してくるのか、である。

ただここまできて、皓月……否、黎暉大国側がアーヒルの出方を窺うのは、悪手だ。確かに怪しいことこの上ないが、向こうがここまで情報を開示してきた手前、誠意を見せる必要がある。

そしてここで誠意を見せなければ、この話はここでおしまいになるだろう。

それは皓月も分かっているのか、話に乗っかる。

『……それは、わたしたちとしても願ってもいないことです』

『……言う割にあまり驚いていないのは、戦争が起きると予感していたからかな？』

『予感、と言いますか。ある人から、情報をいただきました。〝とある女性〟が、黎暉大国と杏津帝国間で戦争を起こし、この二国を破滅に導こうとしている、と』

『……ふぅん、そうか。その情報提供者はなかなかすごいね。どんな人なのか、教えて欲しいくらいだよ』

そんな冗談を口にしつつ、アーヒルは紅茶を一口含んだ。

『じゃあコーゲツ、その作戦と、〝とある女性〟の行動が中途半端なことには、気づいているかい？』

そこで優蘭は、藍珠の言葉を思い出した。

『もし神美が本当に二国を滅ぼそうとしているのであれば……戦争などというどちらかが生き残るかもしれない方法より、もっと別の方法を考えると思います』

…………まさか。

アーヒルの言葉と、藍珠の疑問。

この二つの欠片《かけら》と、黎暉大国と杏津帝国の共倒れを狙うという作戦を組み合わせれば、どういう状況に至ろうとしているのかは自《おの》ずと分かる。

それは皓月も同じだったらしく、目を細めながら呟《つぶや》いた。

『……なるほど。黎暉大国と杏津帝国が争い片方が勝ったとき、そこで珠麻王国が全てを持っていく。これが、〝とある女性〟の真の計画なのですね』

——そう。皓月の言う通りだと考えれば、色々な疑問の説明がつくのだ。

そもそも、国二つを共倒れにさせる、というのは、正直言っていささか非現実的だ。

何せ、国対国の戦いである。どちらか片方が白旗を上げて和平交渉に持ち込めば、両国が存続する方法もあるだろう。

また最後まで戦い抜き、片方が片方を吸収することになったとしても、同じだ。正直、片方が生き残り、片方を吸収する可能性の方が、圧倒的に高い。

その上で話を戻すと、〝とある女性〟――胡神美が狙っているのは、「両国の共倒れ」だという。

つまり胡神美の狙いは、二国の滅亡だ。

国としての名前すらなくなり、機能しなくなり、別の名前になるか吸収されるかを望んでいる。

そんな大層なことを、十数年近い時間を費やして行《おこ》なう。

その作戦と献身からして見て、「両国が戦争により共倒れする」という方法はいささか、無理があるのだ。

しかしここで珠麻王国――二国と陸繋《つな》ぎになっている唯一の国が絡んでくると、様相がガラリと変化する。

そう。珠麻王国が勝って疲弊した国を倒せ《いいとこ取りをすれ》ば、両国の息の根を間違いなく止められるのだ。

……改めて、恐ろしい女性だわ。

そう、優蘭は胡神美の底知れなさにゾッとする。

ただここで思考を止めてはいけない。問題なのは、この後なのだから。

『それで、アーヒル。どうして黎暉大国と杏津帝国間での戦争が起きるのを止めて欲しいのでしょうか』

そう。皓月の言うとおり、ここで一番の問題となってくるのはそこだった。

理由は単純明快。普通であれば、珠麻王国側であるアーヒルがそれを止めたがる理由がないからである。

しかしアーヒルはまるで試すように、皓月と優蘭を見た。

『ふふ、どうしてだと思う？　当ててみてよ』

……つまり、試験というわけね。

協力者として情報を渡すからには、それくらい推測してみろ、ということである。

しかし実際、アーヒルの考えていること自体は分かる。それくらい、彼が持っている情報は諸刃《もろは》の剣なのだ。一歩間違えれば自分たちが傷つき、最悪致命傷に至る可能性だってある。

そんな情報を抱えているのに、相手がおんぶに抱っこでただ情報をくれるのを待っているだけなど、勘弁して欲しいと思うだろう。優蘭だってそんな奴に背中を預けられない。

しかし皓月は、その理由が思い浮かばないようだった。

……仕方ない。でしゃばりだと思われるかもしれないけれど……ここは私が補佐しましょう。

そう思った優蘭は、そっと手を挙げる。

『発言してもよろしいでしょうか？』

『構わないよ』

『ありがとうございます』

笑みを浮かべ、快く許可してくれたことに感謝しつつ。優蘭は口を開く。

『単純に、損だから……ですよね？』

その言葉に、皓月は「どういうことだ」とわずかに顔を動かし、しかし一方のアーヒルは、よりいっそう笑みを深めた。

『……どうしてそれが僕たちにとっての損になるんだい？　国が拡張すればその分、僕たち商人の売上も増える。そして戦争が起きれば武器が必要になるのだから、そうなれば僕たちの出番だろう』

『ここで言う損というのは、立場的なものです』

『……ふぅん？』

『なんせ、戦争になった場合、主導となるのは王族と貴族たちです。そしてもし戦争になって勝利した場合、地位と名声だけでなく影響力まで得ることができます。それは、彼らよりもこの国で影響力を持つ商人たちにとっては、とても不都合でしょう』

何度も言うように、商人というのは基本的に、損得勘定で物事を見るのだ。

それはどういうことか。簡単だ。

たとえ損があっても、それを補塡して余りあるほどの得――利益を生み出せるのであれば、乗る。

それが、商人の行動原理である。

そして優蘭の経験上、その辺りの価値観はどこの国へ行っても大して変わらない。

つまり何が言いたいのかと言うと、珠麻王国が二国を征服しても、利益を得るのは王族と貴族たちだけで、戦局を長い目で見ると、商人たちは逆に今の地位を追われる可能性がある、ということだ。

そう説明すれば、皓月は納得した顔をし、アーヒルは満足そうに笑みを浮かべる。

『そう、その通りだ。ユーラン。素晴らしい。元商人と聞いていたが、あなたは僕たちのことを深く理解しているようだね』

『同業者でしたから。同業者には、同業者にしか分からない暗黙の了解や価値観というのがあるものです』

なので別に、優蘭が皓月よりも優れていた、というわけではなく、ただ価値観が近い存在だった、というだけである。

人間誰しも、体験していないことへの想像力には限りがあるものだから。

それに、と優蘭は口を開く。

『夫のことを支えるのも、妻の役目ですので』

そう言うと、アーヒルは一度目を見開いてから、破顔した。

『ふふふ。コーゲツの奥さんは、とてもいいことを言うね！』

何故こうもアーヒルが喜んでいるのかというと、珠麻王国の風習が関係している。

珠麻王国の大商人は、基本的に一夫多妻制だ。しかし子を生《な》すためだけの存在、というより、同じ志を持つ仕事仲間といった側面が強い。なので妻の発言力や能力というのも、かなり重要になってくるのだ。

それと同時に、妻の能力を最大限に活《い》かすのは、夫の役割とされている。

——つまり妻が優秀ということは同時に、夫の能力が高いという意味に他ならない。

だから珠麻王国では最初に妻を褒めるし、妻も自分を卑下しないのだ。

まあ珠麻王国流の処世術、言葉遊びのようなものである。

そしてそれを黎暉大国の人間、その上自身の友人の妻が知っているということは、アーヒルにとって大変愉快なことだろう。

何より、友人の実力が計れるということは、きっと今の彼にとってこの上ない喜びだろうから。

それもあり、アーヒルの雰囲気が一段と柔らかくなった。

しかしすぐに表情を引き締めると、改めて口を開く。

『というわけだ。だから僕たちとしては、王族と貴族たちにいい顔されるのは嫌なんだよね。だから、戦争そのものが起きないことがありがたい』

『……それはそうですね』

『うん。だからコーゲツから話をもらったとき、飛びついたよ。僕からあなたに連絡することも考えたけど……そうすると、王族と貴族たちに疑われてしまう』

『ラティフィ家は、この国で一、二を争う大商人ですからね』

『うん。だけど、コーゲツのほうから連絡が来た場合なら、まだ誤魔化しが利く。あなたたちが知りたい情報が紋章についてだという証拠もあるからね。もちろん、紋章のことも気になったんだけど』

なるほど。今回の邂逅《かいこう》は私たちだけでなく、アーヒル様にとっても願ったり叶《かな》ったりだったってわけね……。

道理で、年末で忙しい時期だというのに行動が早いわけである。

優蘭は改めて、本当に食えない人だなと思った。

六男という比較的家からの干渉が少ない立場とはいえ、さすがラティフィ家の人間といったところか。実にいい性格をしている。

それは皓月も同じだったらしく、呆《あき》れたような笑みを浮かべた。

『……全く。さすが、陛下がお認めになるだけありますね。アーヒル』

『リューリョーも大概食えない男じゃないか。黎暉大国での活躍は、僕の方にも色々と話は流れてくるよ？』

なんていう男友達にありがちな軽口を叩《たた》く二人を見て、優蘭は少しだけホッとする。

『それで、右丞相殿としましては、色よいお返事はいただけるのでしょうか？』

『……茶化さないでください。もちろんわたしだけの判断でどうにかするわけにはいきませんが……そう悪い返事はしないでしょうね。もちろん、情報の信ぴょう性にもよりますけど』

『ふふふ。もっちろん、証拠品はたくさん用意しているよ！　なんせ、商売の基本は信用だからね！』

『そう仰《おっしゃ》ると思っていました。相変わらずですね、あなたは』


その後も何だかんだと和気藹々《あいあい》としながら情報交換を進める二人を見つつ、優蘭は考えに耽《ふけ》る。


とりあえず、敵ではない。むしろ、外れの可能性も考慮していた紋章案件が、こうも強力な味方をつけてくれるなんて……ほんと、何があるか分からないわね。

怪我《けが》の功名、とでも言えばいいだろうか。しかしあのときの皓月の言葉を信じ、藍珠を信じ、彼女が託した指輪の秘密を探ることを決めた決断は、何一つ間違っていなかったのだと安堵《あんど》する。
ただ一つ、大きな問題がある。
それは、他でもない。
邱藍珠の父親が誰で、それを証明するためには何が必要なのか、という点だった――

間章一　双子の妹、跳び回る

珠麻王国《じゅまおうこく》・世紗《せしゃ》のとある酒場の舞台にて。

大きな歓声と、拍手。

その中で舞を終えた蕭麗月《しょうれいげつ》は、にこりと笑みを浮かべながら舞台を後にした。

袖に引っ込めば、そこで待ち受けていた座長が感極まった顔で麗月に近づいてくる。

「いやあ、今のは本当に良かったよ！　観客からの反応も上々だ！」

「それならよかった」

「それに、本当に助かった！　この寒さにやられて、寝込む座員が多くてな……麗月がいなければ、今日の舞台は取りやめるところだった。本当にありがとう」

「いえ」

「……ところで、もう少し長くやる気は……」

「うふふ、お疲れ様です。少し舞台下に出てきますね」

さりげなく勧誘されそうになったところを、麗月はさらりと流して裏に引っ込む。そして適当に羽織るものを引っかけてから、観客たちがいる酒場の席へと歩いて行った。

適当な場所に腰を下ろせば、男たちが瞬時に空いている場所に座ってくる。

『さっき踊っていた姉ちゃんじゃねえか！』

『めっちゃ綺麗《きれい》だったぜ！』

国籍は違えど、ここは世紗。珠麻王国だ。そのため、誰も彼もが珠麻王国語で褒め言葉を贈ってくる。さらには酒や食べ物と言ったものを頼んでくれる人たちもいた。

『ありがとう』

そう言い、片目をつむってそれっぽいことをすれば、歓声が上がる。

酒場で開かれる舞台というのは、得てしてこんな感じだ。壇上にいた踊り子がこうして席に現れるのも含めて、接待の一つなのである。

もちろん、本人の意思や立ち位置、そして座長の方針などで敢《あ》えてそれをやらない踊り子もいるが、この一座は割と個人主義だ。

なのでこうして舞台が終わるたびに、情報収集も兼ねて接待をしているのだが、そこで一つ分かったことがある。

それは、例の新興宗教・沙亜留《シャール》教が旅芸人の間だけのものではなくなっている点だ。

本来であれば当たり前と言えば当たり前なのだが、今まで旅芸人のみに広めていたことを庶民の間でも広めるということは、危険性を伴う行為だ。

各国にも宗教はあり、それ以外を認めないところもある。国によっては違法とみなして取り締まることもあるのだ。
それでも敢えて広めているというのはおそらく、神美《じんび》の計画が最終段階に入っていると
いうことを意味するのだろう。
しかも珠麻王国……特に若者の間で広く広まり始めているそれはさすがに、問題ないと
切り捨てられるような範囲ではなくなってきているように思う。
卓にじゃんじゃんとやってくる酒を空にしつつ、麗月は思案する。
若者の心が純粋無垢《むく》なのは、当たり前だ。むしろ荒《すさ》んでいるような子どもが多い国など、
不健康そのものである。
その点、珠麻王国は貧富の差はあるが貧困層が少ないと言える。
それでも引っかかってしまう若者が多いというのは、それだけ悩みを抱えた少年少女が
多いという意味でもあった。
わたしにも、経験はあるもの。
実の両親と離れて暮らさなければならない。幼い頃の麗月にとってそれは、大きな不満
となった。
しかも、自分と顔がそっくりな兄は、両親と仲良く暮らしている。何一つ不自由なく。
だから麗月は、皓月《こうげつ》をうらやんで憎んだ。
それを見ていた養父母たちは、皓月がどんな生活をしているのか見せてくれたのだ。も

ちろん、実の両親たちには内緒で。

その生活を見て麗月は、驚いた。

一切遊ばず、ただ己がなさなければならないこと——次期当主に必要な勉学、剣術、礼儀作法、楽器の演奏、その他諸々《たもろもろ》……ありとあらゆることを秒刻みで、皓月は行《おこ》なっていたからだ。

本当に驚いた。恵まれているのに、否、恵まれているからこそのつらさがあるのだと、そのとき学んだ。

その上で、養父母たちは教えてくれたのだ。

『麗月。お前は色々なものを見聞きして、経験して、そして相手の立場になって考えられる子になりなさい。そうすれば、お前の中にある不満はたちまち消えていくから』

その言葉通り、養父母に連れられて色々な経験を積み重ねていくうちに、麗月の心の中にあった不満やわけの分からないわだかまりは、すっかり消えていってしまった。

それを思い出し、麗月は笑う。二重の意味で笑う。

わたしの養父母たちがあの人たちで、本当に良かった。そして、この経験と知識があったからこそ、お義姉様《ねえさま》を……お兄様を助けられることに、心からの感謝を。

必要なのは、経験を積ませること。そして教え導き、諭すこと。

それに、劇というものはうってつけだ。大衆に分かりやすく、何より観《み》て楽しい。また、人々の心に強く響き、感動を与えてくれる。

若者たちの目を覚まさせるのにはぴったりだ。

特に、彼らに関しては神美自らが主導となって広めているわけではない。つまり、旅芸人一座と比べるとまだ隙があるのだ。

そして何より……上手《うま》くいけば、儲《もう》かる。

——ちゃりーん。

麗月の目がきらめき、唇が弧を描いた。

これが終わったら早速、座長に相談でもしてみようっと。商売でもあるし、お義姉様から助言をいただくのもありね。

そう思いながら。

麗月はすり寄ってくる男たちの口から秘密を絞り出すべく、酒を注ぎ入れたのだった。

——それに賛同してくれる人たちがあまりにも大物だったために、珠麻王国内で想像以上に色々なことが巻き起こったのは、また別の話である。

第四章　夫、勝負を仕掛ける

それから諸々の調査を終え、道中で話をすり合わせ……といったことを終えた優蘭《ゆうらん》たちは、珠麻王国《じゅまおうこく》から黎暉大国《れいきたいこく》の都・陵苑《りょうえん》へと無事帰還を果たした。

事情が事情だったこともあり、帰路は行きよりも荒いものだった。

具体的に言うと、まず優蘭たちは白丹《びゃくたん》に戻って早々、玉《ぎょく》商会の面々と別れた。それは皓月《こうげつ》が事前に実家へ連絡を入れて用意させた、より速い足——珀《はく》家所有の馬と馬車に乗り換えたからだ。

積雪量が黎暉大国一ということもあり、柊雪州《しゅうせつしゅう》で飼育されている馬は皆、雪道に慣れている。それと同時に馬車も専用のもの——通称雪車と呼ばれるものを使い、雪道を滑るように走るのだ。

そんな秘密兵器を駆使した上に、皓月はその上で珀家の力を総動員し、いくつもの中継地点に新しい馬と雪車を用意させたわけで。

あとは、それらをいくつも使ってひたすらに走るだけである。

皓月は一足早く馬に乗って行き、優蘭と麗月《れいげつ》はそれよりも二日後に我が家へと帰還したのだった。

この戦略によって、当初の予定よりも三日ほど時間を短縮できたと言えば、この強行軍がどれだけのものだったのか理解できるだろう。

雪車が爆速で走るから、凍えるかと思ったわ……。

正直、できることならばもう二度と、こんな強行軍はしたくないものである、というのが、優蘭の本音であった。


そうして雪がちらつく寒さの中、使節団団長として現在空泉《くうせん》と話し合いをしている夫の代わりに、優蘭は陽明《ようめい》の元へと足を運んでいた。

「おかえり、珀長官」

「ただいま戻りました、杜左丞相《ときさじょうしょう》。特別休暇をいただき、誠にありがとうございます」

あえて特別休暇と告げたのは、建前上そういう扱いだったからだ。

陽明もその意味は分かっているためあえて触れず、「こちらでも進展があったから、情報共有させてもらうね」と告げて優蘭に資料を渡してくれる。

それに目を通しながら、陽明が話をしてくれた。

「見ての通り、こちらでも進展があったよ。まず、王公女《おう》に関してだ。彼女がくれた情報……その中でも過激派周りの情報は、どれも信ぴょう性がとても高いものだったという結論を、礼部《れいぶ》が出した」

「……そのようですね」

資料を見れば、膨大な数を一つ一つ丁寧に精査したことが窺《うかが》える。この仕事にケチなど、つけようがないだろう。

つまり礼部は本格的に、魅音《みおん》に利用価値があると判断したのだ。

「ただ穏健派周りの情報は、正直手に入らなくてね。それに、内容が機密度の高いものから、個人に関するものまである。そうなると、やはり外交使節団を送って現地で確かめるしかない、という結論に達した。これに関しては、僕も同感だね」

「そうですね。私も同意します」

「なので、皓月くんと空泉くんの杏津帝国《あんつていこく》行きは決定。新年の行事に合わせて杏津帝国に向かうから……あと十日もしないうちに出発だね」

「分かりました」

「ごめんね。去年も散々な目に遭っていたのに、今年も一緒に新年を越せない予定にしてしまって……」

それを聞いて、優蘭は苦笑した。

「お気遣いいただき、ありがとうございます。ですが、今回災難なのは珀右丞相《うじょうしょう》のほうですので、お気になさらずに」

それよりも、そんなふうに思ってもらえることがありがたい。この一言があるかないかで、こちらの心情は全く違うのだ。その辺り、皇帝にも分かってもらいたいと優蘭はこっそり思った。

私も、杜左丞相の爪の垢《あか》を煎じて飲みたいものね……。

やはり陽明は、優蘭の中で最も理想的な上司である。

と優蘭が関係ないことを考えている間にも、話は進む。

「そして次に、邱充媛《きゅうじゅうえん》のことだ。これは慶木《けいぼく》くんと、その奥方が調べてくれたのだけれど……どれも問題なく、裏が取れた。邱充媛のご生母の故郷である村でも、彼女がその後向かった旅芸人一座でも、彼女のことを覚えていた人がいたようだよ」

「そうでしたか……」

「ただやはり、邱充媛の父親が誰なのかに関しては、全員把握していなかったようだ。まあこれは期待していなかったから、仕方がないね」

「そうですね、そのために私と珀右丞相は、珠麻王国まで特別休暇を使い向かったようなものですから」

「その通りだ。皓月くんから想像以上の収穫があったとだけは聞いているから、かなり期待しているよ」

「もちろんです」

そんな茶化しのような軽いやりとりをしてから、優蘭はいよいよ陽明への報告に入る。

「こちらが、今回の調査内容になります」

そうして差し出した書類の内容は、以下の通りであった。

『珠麻王国にて、邱充媛の持つ指輪の調査を行なった結果、以下のことが分かった。

その全てをここに記す。
一、邱充媛の持つ指輪の模様は、副紋章なるものである
一、この副紋章を使用していたのは、杏津帝国先代皇后である
一、指輪の内側に記された作成時期は、皇后になった時期と符合す
このことから、邱充媛の男親は盗品を売買したか、もしくは皇后の血縁者の可能性が高い、と推測す』
『また、今回の件にて協力を求めた珠麻王国の学者より、情報提供あり。
その全てをここに記す。
一、胡神美《こじんび》、珠麻王国国王との接触あり
一、胡神美、黎暉大国、杏津帝国間にて戦争を起こすとの情報あり
一、珠麻王国国王、胡神美からの情報により、上記二国が戦争にて疲弊した際、両国を吸収すべく動くとの密約をす
これらの証拠として、やりとりをしていた文を協力者より頂戴す

以上が、今回の調査報告である』

驚愕《きょうがく》の事実の数々に、陽明は眉をひそめた。

「……これはなかなか、すごいものが出てきたね。本当に想像以上の情報だ」

その言葉に、優蘭は同意を示す。

「はい。正直申し上げまして……毒にも薬にもなるかと」

「うん。ただそのためには本格的に、邱充媛と指輪に関しての情報をもっと集めなくてはいけなくなったかな……」

そう。今回、この指輪の副紋章を使っていたのが杏津帝国先代皇后だと分かったことで、二つの可能性が出てきた。

一つ目。皇后の死後、行方知れずとなった物が誰かの手に渡った末に藍珠《らんじゅ》の父親の元へ渡った可能性。

二つ目。皇后の死後、その遺品を保管していた親族がなんらかの理由で藍珠の父親に渡した可能性。

そして正直なところ、一つ目はほぼないと言える。アーヒル曰《いわ》く、そういう話は特に聞いたことがないらしいからだ。これに関しては確かな情報と言えよう。

なんせ、アーヒルは大商人一家の息子だ。たとえ裏稼業の者が主導となって盗んだのだとしても、そんな大きな情報が入ってこないとは考えづらい。またそれを皇族が公表しないのはおかしいのだ。

何よりこの指輪が盗品であれば、時期的に見ても珠麻王国を経由して黎暉大国に渡ったと考えるのが自然だし現実的だ。なのでラティフィ家が知らないとはますます考えにくかった。

彼がそれでも、優蘭たちが盗品売買をしたのでは？　疑ったのは、それしか指輪が渡る方法を思いつかなかったからであろう。ただこれはある意味、アーヒルなりの思いやりなので、不快にはならなかったが。

となると、二つ目になる。

皇后の親族の中で、一番遺品を保管するに相応《ふさわ》しい立場なのは、彼女が唯一産んだとされる皇太子だ。

そしてその皇太子は今――杏津帝国の皇帝として君臨している。

極めつけは、藍珠が母親から聞いた父親の容姿に関してだ。

『母は寝物語でよく、父の見目について聞かせてくれました。栗色《くりいろ》の髪と、あなたのように美しい藍色の瞳をした殿方なのよ、と』

そしてここで出てくるのは、胡神美が教えてくれた杏津帝国皇帝の見目についてだ。

『ふふ、そうですわね。代替わりしてからごたごたもございましたけれど、国民思いの良き君主です。虞淵《ぐえん》様とは腹違いなのでお顔は似ておられませんが、お母君が黎暉大国と我が国のちょうど国境沿いを治める貴族令嬢でして。栗色の髪に藍色の瞳を持った美しいお方です』

この通り、何から何まで一致する。

――つまり藍珠の父親は、皇太子時代の杏津帝国皇帝の可能性が極めて高いのだ。

もしそうなら大問題も大問題、国際問題に発展しかねない事態である。

いや本当にどうするのよこれ……皇帝が皇太子時代に密《ひそ》かに恋した相手が、当時敵対していた黎暉大国民で？　しかもその子どもが、黎暉大国皇帝の寵妃《ちょうひ》になっていて？　そしてその黎暉大国と杏津帝国間で戦争を起こそうとしている女性の元友人、と。

情報が多すぎて色々な物が決壊してしまいそうだ。こういう状況を、人は『混沌《こんとん》』と言うのである。

「頭の痛い話だね……利点も多いけど欠点も多いな」

「本当にそうですね……」

まず、利点だ。

これは言うまでもなく、藍珠がこちらにいることで、杏津帝国の皇帝と取引ができる可能性が出てきたことだ。

言い方は悪いが、藍珠は人質としてこの上ないくらい役に立つのである。

その一方で欠点。

これは利点をそのまま裏返すようなものである。

——藍珠を理由に、戦争を起こす可能性だってあるのだ。

ただその理由に関しては、和宮皇国《かずのみやこうこく》の第一皇女のときとは違う。徹底的に証拠を隠滅するために、戦争を仕掛けてくる、というものだ。

だって、皇太子が黎暉大国民と恋仲になって子どもを産ませるなんて……そんなの、現政権に大損失を与える醜聞じゃない。

醜聞も醜聞、大醜聞だ。

目の上のこぶとはこのことを指す。そんな存在が元敵国にいると分かれば、いくら穏健派と公言している皇帝でも、過激派を利用してこちらに攻めてくるかもしれない。

そうなったらお手上げだ。

なので優蘭は藍珠のことを、毒にも薬にもなると表現したのだった。

「ううん……ただ邱充媛が毒か薬なのかは……杏津帝国の皇帝次第なんだよね……」

「さすが杜左丞相。仰《おっしゃ》る通りです」

優蘭たちが帰り道、あれやこれやと話をすり合わせつつ結論に至ったことを、ものの数分で理解してしまうとは。本当にさすがだ。

そう。この利点と欠点、そのどちらにも言えることは、「杏津帝国皇帝が、邱藍珠の母親……ひいてはその子どもである邱藍珠をどのように扱うか」である。

これが鍵となるのだから、頭が痛い話だ。

それは陽明も同じだったらしく、唸《うな》り声を上げつつ俯《うつむ》く。思考をしている顔だ。

「うーん……僕としては正直、下手に藪《やぶ》を突いて蛇が出るのは避けたいかな……」

「……杜左丞相は、欠点のほうが大きいと思われますか？」

「正直なところ、そうだね」

そう言い、陽明は椅子にもたれかかる。

「杏津帝国皇帝と邱充媛の年齢から考えるに、彼女は皇帝が皇太子だった頃に生まれた子どもだ。そして現在、杏津帝国は皇帝率いる穏健派と皇弟《おうてい》率いる過激派で二分されている。こんな状況で邱充媛が自身の娘だということが分かれば……ね」

しかし優蘭は、今回の件に関してあまり悲観はしていない。そのため、真《ま》っ直《す》ぐとした目で陽明を見つめ、言う。

「杜左丞相。私の意見をお伝えしてもよろしいでしょうか？」

「もちろん」

「私としましては、今回の件……利点の方が大きいかと感じました」

優蘭はさらに詳しく説明する。

「これはあくまで、伝え聞いたことをまとめた推測になりますが……杏津帝国皇帝とその奥方の関係が、現在冷え切っているというお話を伺ったからです」

なぜ利点のほうが多いと判断したのか。

それは夏頃に杏津帝国使節団を招いた際に行なった、お茶会での一幕が理由だ。

胡神美は、外交四日目。当時三度目となる茶会の席で、こう言った。

『ただ、未《いま》だに皇后様が男児を産んでおられないので……ここだけの話、夫婦仲も冷え切っておられるので、臣下たちはその点を心配しておられるようですわ』

「もちろん私も、胡神美からの情報だけを参考にしたわけではありません。今回お会いしたアーヒル様を通じても、確認させていただきました」

「……そう、珠麻王国でもか……」

「さらに聞いたところによりますと、杏津帝国皇帝は側室を入れることすらも拒んでおられるようです」

その証拠として、優蘭は杏津帝国の時報紙を陽明に手渡した。

「これは……」

「アーヒル様が保管していたものだそうです」

「すごいね。他国の時報紙まで保管しているなんて」

「杜左丞相。それが商人というものですよ。私の生家でも、なるべく集めておりました」

情報というのは、武器だ。

もちろん情報にも鮮度があるが、一般的なもの……たとえば国民の間で当たり前とされる情報は、商売をしに行った際に話のタネとして十二分に活用できる。なのでそれを、たとえ他国のものだったとしても集めて保管することは、決して無駄ではない。

そして大商人ラティフィ家は、それを当たり前のように行なっている。ただそれだけなのだろう。

「以上のことから、私……いえ、私と珀右丞相は、杏津帝国皇帝が未だに、充媛様のお母君のことを想《おも》っているのではないか、と推測しました。となると、杏津帝国皇帝が充媛様の存在を知れば、こちらの交渉に応じてくださる可能性は高いかと」

「……なるほどね」

それを聞いた陽明は、にこりと笑う。

「皓月くんが妙に空泉くんとの話し合いを張り切っていたのは、このためか」

「そうだと思います。ただ、別の理由もあると思いますが」

「別の理由？」

「はい」

優蘭はにこりと笑う。

「珀右丞相は、売られた喧嘩《けんか》は買う方ですので」

そう言うと、陽明は少し目を見開いた後、ああ、と笑う。

どうやら、この一言で全てを理解したらしい。

もちろん今回の場合、売ってきたのは空泉で、売られた側は優蘭と皓月だ。

そして皓月は、自分に売られた喧嘩は買わないけれど……私に売られた喧嘩は買う人なのよ。

自覚すると恥ずかしさがこみ上げてくるが、事実は事実なので黙って受け入れる。

それに優蘭とて、空泉に対して思うところが多々あるのだ。

だって今までも散々、無茶ぶりを振られた上で、圧をかけられてきたんだもの……。

嫌われているわけではない、と今までの経験上感じる。ただ根本的に優蘭と方針と感性が合わないのだ。優蘭は尻も叩《たた》くが、どちらかというと褒めて伸ばす方針で健美省《けんびしょう》を運営している。

その一方で空泉は、相手に圧力……その中でも精神的重圧をかけて適度に緊張感を与えつつ、より能力を向上させようとする方針の上官である。

植物がより根を伸ばすように、敢《あ》えて水を与えない期間を与える育成方法があると聞いたことがあるが、まさしくそれだと優蘭は思う。

というよりなんだろうか。空泉は優蘭のことを異常なくらい過剰評価しているきらいがある。だからこその期待であり、煽《あお》りなのだが、正直言って過剰な精神的負荷になるので勘弁してもらいたいのだ。

優蘭も普段ならば抑えたが、今回は向こうが圧倒的に悪いので、この辺りで一発殴っておきたい気持ちが強い。なので、大変やる気を出していた皓月を止めなかったのだ。

それもあり思わずにこにこしていると、陽明が破顔する。

「つまり、皓月くんは今頃、空泉くんとやり合ってるわけだ。いいなぁ、ちょっと見てみたい」

「普段ならば胃が痛くなりますので部屋の隅にいたいと思いますが、私も今回だけは見てみたいですね」

「ふふ、そうだね～」

そんなふうに笑い合いながら。

優蘭は現在、空泉と話し合っているであろう皓月に思いを馳《は》せたのだった。

＊

珀皓月。

彼は今、戦場にきていた。

もちろん、戦場というのは本当の意味での戦場ではなく、比喩的な意味でのものだ。

しかしその会議室は間違いなく、皓月にとっての戦場であった。

今回の報告書――優蘭が陽明に見せたものと同じもの――を見ながら、礼部尚書《しょうしょ》・江《こう》空泉は感心したように目を丸くした。

「これは、なかなかに素晴らしい情報が出てきたものですね」

そう嬉《うれ》しそうに言うが、その後すぐに「この時期に隣国へ赴くなど、正気の沙汰ではないと考えていましたが、その行動を起こしただけの成果があったようで何よりです」と、皓月のことを煽るようなことを言ってくる。

こう言ってはなんだが、控えめに言って性格が悪いと思った。

まあこれも、半分はわざとなのでしょうけれど……。

なら残り半分は何かというと、もちろん嫌みだ。言葉通りの嫌みである。

確かに、新年に向けて色々と準備が必要な時期に、ひと月近くいなくなれば、文句の一つや二つ言いたくなるかもしれない。

なので気持ちは分からなくないが、彼のこういった、こちらを敢えてかき乱すような言動が、皓月は苦手だった。手のひらで転がされている感覚がするからだ。

なので普段の皓月であれば、きっとさらりと流して話を進めていただろう。

ただ問題なのは、今回の件に自身の妻――優蘭が関わっていることだ。

珠麻王国へ行く前に、紋章ではないと判明したことで散々嫌みを言われ。また自身の考えが間違っていたのではないか、藍珠のことを救えないのではないか――優蘭はそんな不安を抱えていた。

しかしそれでも、皓月の考えを信じ、ついてきてくれた。それが珀優蘭だった。

そして優蘭がそんな不安を抱えることになった原因は、この男である。

そもそも、まったく見当違いのことを調べていたことに気づいたときから自分を責めていたというのに……江尚書の発言で、優蘭はさらに萎縮していました。

誰にだって失敗はある。むしろ三日でその失敗に気づき、それでもなんとか別の案を考えようとしていた人に対してあの言い方は、あんまりだろう。

それ以前でも、空泉は何かと優蘭に圧力をかけるようなことばかり言ってきている。正直、我慢の限界だ。

ゆえに皓月は、いつになく怒っていた。

だから、今回は真っ向から空泉と戦うと決めていたのである。

「江尚書。その発言はいかがなものかと思いますよ。どのような経緯を辿《たど》っていても、結果は結果です」

皓月がそう喧嘩に乗る形で言い返したことで、空泉の表情が変わった。

どことなく楽しげな雰囲気をまとった空泉は、笑みを浮かべながら首を傾《かし》げる。

「しかし、今回は上手《うま》くいっただけ……つまり、運だったという可能性のほうが高いのではないでしょうか？　確実な成果を残せぬ博打《ばくち》のような行動は、国家間の交流をしていく上ではいささか危険性が高すぎます」

「一理ありますが、それはきちんとした情報が手元にあり、またそのための伝手《つて》があった場合に限ります。こういった予測しえないことに関しては、たとえ望む情報が手に入らない可能性が高かったとしても、挑戦しなければならないときがあるかと」

誰しも、初めから武器は振るえない。それが見慣れないものならなおさらだ。

つまり空泉が言っていることは正論ではあるが、同時にひどく理不尽な無茶ぶりでもあるのだ。

それに、と皓月は空泉が反撃をしてくる前に言葉を紡ぐ。

「外交の場面では、予想だにしないことなど多々起きます。危険な賭けなど、江尚書とてなさってきたかと。そのような方が安全を重視して機会を逃すようなことを仰《おっしゃ》るなど……礼部の今後が不安になりますね？」

そう笑顔とともにきっちり反撃をすれば、空泉が虚を突かれたような顔をした。

どうやら、皓月がここまではっきりと嫌みを言うとは思っていなかったようだ。

わたしも、職務中はこういったことを言うのは避けていますが……別に、口にしないわけではありませんよ。

その最たる存在が、皇帝である劉亮《りゅうりょう》と悪友とも呼べる慶木だろう。特に皓月は、慶木に対して遠慮をしない。普段毒舌を控えているのは、和を乱すことになるからだ。

和をみだりに乱すことは、悪いこと。

だからそれを整えるのが自分自身の役割だと、皓月は信じて疑わなかった。

ですが……違いました。手段や方法は、もっとたくさんあったのです。

それこそ悔しいが、空泉のように敢えて対立を煽ることで、得られるものはある。

それに何も、対立すること自体は悪いものではない。討論が白熱しすぎて関係性が険悪になったり、話が脱線したり、喧嘩に発展したりすることがいけないだけだ。

国家を運営していく上であらゆる可能性を考えることは、必要不可欠である。

ただしそれも、一人の頭でできるようなものではない。

だからこそ、人は役割を分けるのだ。

そうすることでより問題を多方面から見ることができ、問題解決に役立つ。また対策が立てやすくなる。

そして今回、相手はあの杏津帝国である。既に優蘭と皓月が体験したが、自分たちの常識が何一つとして通じない相手だ。となると、多くの人間が協力して相当知恵を絞らなければ太刀打ちできない。

だというのに、今回藍珠の件を知るのは皓月と空泉だけなのだ。正しくはこれ以上広がると、予想だにしない方向に話が向かう可能性がある情報だから、であるが、他の使節団員に頼れないという状況は変わらない。

だからこれはそういう意味も込めての、意思疎通だ。

そう思い、真っ向からやり合うつもりで構えていた皓月。

しかし返ってきたのは予想とは裏腹に、ひどく嬉しそうな笑顔だった。

ぞわっと、皓月の背筋に悪寒が走る。

皓月が若干引いていることなどおかまいなしで、空泉はにこにこと笑った。

「これはこれはまた……珀右丞相。大変いいほうにお変わりになりましたね」

「……はい？」

「いえ、今まではどれだけ衝突を避けるか、また緩和するかを主軸において動いておられるようでしたので、右丞相という立場を加味しても見どころの薄い方だと思っていたのですが……期待以上です。やはり珀夫人の影響でしょうか？」

ごくごく自然に失礼なことを言われていると分かっているのだが、それ以上に何を考えているのか分からず、身構える。

しかし空泉は完全に自分の世界に入ってしまっているのか、目を爛々《らんらん》と輝かせながら続ける。

「そうです、我々は同じ外交使節団の一員という立場であるのと同時に、同じ極秘情報を共有する唯一無二の関係です。ですので互いの意見交換のために、討論を交わすこと自体は問題ありません。むしろ大変有意義でしょう」

「そうです、ね……」

「そしてこれは先ほど珀右丞相が申した通り、外交問題に危険や不測の事態はつきものです。ですので最終的にその場で物事を判断することなどもございますが……だからといって事前準備が無駄になるわけではありません。ぜひ楽しみましょう！」

この瞬間、皓月は優蘭が空泉に対して苦手意識を持っている理由を悟った。

確かにこれは……若干どころではない恐怖心を感じますね。

元来持ち合わせた性質なのか分からないが、空泉はどうやら駆け引きといったすれすれの状態を何より好む性格をしているようだった。

それもあり、自分と考えが違いながらも上手く駆け引きをし、生き残る優秀な人間が大好きなのだ、彼は。道理で優蘭にいちいち関わろうとしてくるわけだ。

しかし皓月とて、一度決めたことは最後までやり通す質だ。なので今回は一歩も引かず、優蘭が守ろうとしている邱藍珠の安全を第一に考えつつ、行動を起こそうと決意する。

「こちらこそ、よろしくお願いします」

そう言い、皓月はいつになく好戦的な目をして笑ったのだった。

＊

その一方で優蘭はというと。

宮廷から健美省に向かう前に、藍珠のもとへ向かっていた。

藍珠の住まう冬場の茉莉花宮《まつりかきゅう》は、後宮のどこよりもひっそりと静まり返っている。

それは周りが樹木だらけというのもあるが、この宮殿の主人そのものが喧騒《けんそう》を嫌うからだろう。また冬ということもあり、ほぼすべての植物たちが緑を枯らしている。

茉莉花はそもそも冬に弱い植物なので、今は庭師によって刈り取られ、すっかり宮殿周りから姿を消していた。

春先になればまた植え替えをするのだが、今はもう見る影もない。それもあり、茉莉花宮の庭はとても寂しいものになっている。

それでも、優蘭は不思議といつも以上にその静寂を鋭く感じる。それはきっと、優蘭がこれから藍珠に伝えようと思っていることが、彼女にとっていかに残酷なことなのか、理解しているからだろう。

正直なところ……杜左丞相に今回の件を報告をしたときよりも、緊張しているわ。

そのせいなのか、今となっては葉が落ち、枝だけとなった木々がわずかに揺れる音や、足元の雪を踏むときに出る独特の音が、妙に耳に響く。

……でも、これは伝えなければならないことだから。

道中、皓月と麗月と相談をし、どうするのかかなり話し合ったうえでの結論なので、たとえどんなに優蘭の気が重かろうが、話すつもりだ。

そんな覚悟を決めつつ、優蘭は茉莉花宮の呼び鈴を引っ張ったのだった。


『茉莉花宮』客間にて。

「おかえりなさい、と言ったほうがいいでしょうか？」

「お気遣いありがとうございます。ただいま戻りました」

藍珠とのやり取りは、そんなどこかぎこちない形で始まった。

どうやら藍珠としても、あまり良《い》い情報を優蘭に提供できないまま、こうして珠麻王国まで走らせてしまったという負い目があるらしい。

また、優蘭が持ち帰ってきた情報を聞きたいような、それでいて聞きたくないような気持ちもあるのだろう。

誰だって、未知のものへの恐怖はある。それがいい結果を生まないと推測しているものであれば、尚更《なおさら》だ。

だからなのか。藍珠の表情はどこか硬く、優蘭ともあまり目を合わせないようにしている風に見えた。

そんな様子の藍珠に苦笑しながらも、優蘭はまずその緊張を解こうと、藍珠の侍女の到着を待っていた。

場の雰囲気がやわらがなければ、これから語ることが藍珠にとっての刃《やいば》にしかならないと、そう感じたからだ。

「失礼いたします、お茶と菓子をお持ちいたしました」

ちょうどそのとき、藍珠の侍女がやってくる。彼女が持ってきたものは、優蘭が用意した茶と茶菓子だった。

「これは……」

「はい、私のほうでご用意させていただきました。茉莉花茶と梅の蜜煮です」

大切に育てた青梅を夏場に収穫し砂糖とともに煮込み、瓶に入れて保存をする。

作り方自体はとても簡単だが、丁寧な仕事が要求される。でないとこの時期まで上手に保存できないからだ。

それもあり、この一粒はとても貴重なのである。

また美容面でも梅は魅力的な食べ物で、美肌効果が期待できる。疲労回復や食欲増進といった効果もあるため、疲れやすい冬の時期にはぴったりの甘味だった。

……もちろん、それを主張したくてこの茶菓子を選んだわけではないのだけれど。

　というわけで優蘭は、驚いたように目を丸くする藍珠に向けてそれらを勧める。

「どうぞ、召し上がってください」

「……いただきます」

　小さな皿に載った一粒の蜜煮を、藍珠は匙《さじ》ですくい食《は》む。

　口に入れる一口は小さい。しかしそれは苦手だからというよりも、一口一口を噛《か》み締《し》めて食べようという意図が見えた。

　その証拠に、藍珠は蜜煮をとても大切そうに、そして幸せそうに食べている。

「……とてもよい、美味《おい》しい蜜煮ですね」

「ありがとうございます。そう言っていただけると、我が家の使用人たちも喜びます」

　そう言うと、藍珠は目を丸くする。しかしすぐに納得した顔をした。

「……そうでしたね。珀家は柊雪州の大貴族ですから……」

「はい。柊雪州では大抵、茶屋でお茶を頼むと出てくるものだとか。私も嫁いでからよく食べるようになりましたが、今ではすっかりお気に入りです」

　ちなみに梅の蜜煮に関しては、帰り道における最終中継地点にいた珀家の人間に、梅酒共々渡された。どうやら、義母である璃美《りび》が用意させたものだったようだ。きっと、彼女なりの激励だろう。

　それを今回こうして持ってきたのは、藍珠にとって馴染《なじ》み深い菓子だと思ったからだ。

「……茉莉花茶と、梅の蜜煮。こちらを持ってきた理由を聞いても？」

「もちろんです。茉莉花茶は、陛下から充媛様が一番好きなお茶だと伺いましたので、ご用意しました。また蜜煮に関しましては……馴染み深いのではないかな、と」

「……やはりそうでしたか」

そう言い、藍珠は感慨深そうに蜜煮を見つめる。

優蘭は少しばかりハラハラしたが、しかし感触が悪くないことを感じ取りほんの少しだけ胸を撫《な》で下《お》ろした。

梅の蜜煮をいただいたときに、思ったのよね。充媛様は長くこの辺りで過ごされていたはずだから、きっとこれは馴染み深い思い出の味なのではないかって。

優蘭が後宮にきたばかりの頃、鈴春《りんしゅん》が故郷を恋しく思い、しかしそれを口にできずに苦しんでいた時期があった。

そしてそういうのは大なり小なり、誰にでもあることだと優蘭は思う。

各地を飛び回り、さまざまな食べ物を食べてきた優蘭でさえ、無性に故郷の味が食べたくなるときがある。

特に饅頭《まんじゅう》や麺といったものは、他国にはあまりない食べ物だ。そもそも他国では蒸し料理自体、見かけない。似たものがあるのは和宮皇国くらいだろう。

そして自分では気にしているつもりはないのに、故郷の味を食べるとほっとする瞬間というのがある。

だから藍珠にとって梅の蜜煮は、それなのではないか。

たとえどんなに苦い思い出が混じっていようと、それだけでないものが一つでもあるのではないだろうか。

そう思い、優蘭はあえてこれを持ってきたのだ。

だいぶ博打《ばくち》のようなことをしている自覚があるため、優蘭は藍珠がどんな反応をするのかドキドキしている。

一方の藍珠は、目を伏せて一つ、二つ、と間を置いた後、ぽつりと言った。

「……梅の蜜煮は、幼い頃よく、母と二人で分け合って食べた、ご褒美のようなお菓子です。母が死んでからはあえて避けてきましたが……やはり、懐かしいものですね」

それは、藍珠が初めて聞かせてくれた、彼女の他愛のない思い出話だった。

普通の人であれば世間話のようなものかと思うだろうが、しかし相手はあの藍珠。徹底的な秘密主義を貫き、尚且《なおか》つ他人に合わせて流されることで生きてきた彼女にとってそれは、大きな変化と言えよう。

「……人の記憶にはどうしても、悪いことばかり残ることが多いですが……それでも。そんな中でも小さな幸せはあるのではないかと、私は思っています」

「……ちいさな、しあ、わせ……」

「はい。ですからそれを懐かしむことは、悪いことではないと思います。自分自身にとっての正解など、自分の中だけにしかありませんから」

苦い思い出だろうと……否。苦い思い出だからこそ、自分自身の芯になることがある。

優蘭の場合、異国で起きた砒素《ひそ》にまつわる一つの事件がそれだった。

美しさを求める女性たちに、安全かつ健康的な美容法を広める。

それは後宮に来た今も、優蘭の行動原理になっている。健康というのは体だけでなく心も含まれているものだからだ。

だから藍珠が、その健康を害するほどの心理的負担を抱えているのであれば、優蘭にできる方法で取り除きたい。

そう。これは、ただのお節介だ。

しかしそのお節介がときに、人を救うことがあるのだ。

「……わたし、自分の髪も目も名前も、嫌いだったんです」

ぽつりと、藍珠が呟いた。

初めに地上に降り立ち、形になることなく溶けていく小さな雪の粒のように、脆《もろ》くて儚《はかな》い声だった。

きっと、耳をそばだてていなければ聞こえなかっただろう。

それでも、藍珠は言葉を重ねていく。

「けど、昔は……大好きでした。そして改めて、思ったんです。全てが大好きだったあの頃に戻りたい、取り戻したいって」

声が段々と震え出し、しかし代わりに奥底から熱が込み上げてくるのが分かった。

「けど同時に、思ったんです。いつまでも昔の出来事に囚《とら》われているようじゃ、わたしは自分を好きになれないままだって。知ろうとしないままなら、わたしは昔と変わらないって」

そして藍珠の瞳からぽろりと、一筋の涙がこぼれ落ちる。

しかしそれとは裏腹に確かな意志を持った瞳は、まるで満天の星のようにキラキラと輝いていて。ひどく美しいと思った。

「珀長官。改めて、お願いがあります」

「なんでしょう」

「わたしを取り戻すために……力をお貸しください。あなたが調べた真実を、わたしに教えてください」

そう言う藍珠に、優蘭は笑みを浮かべながらも首を横に振る。

「充媛様、違いますよ」

「え？」

「取り戻す、のではなく、作り上げるのです。あなたが好きだと思える自分自身を。そのためならば、私はいくらでも協力いたします」

そう言うと、藍珠は虚を突かれたような顔をする。

しかし優蘭にとってそこは重要だった。

だっていつだって目指すのは、未来。そして輝くのは今じゃなければ。

それに、過去に戻る必要などない。

だって……酸いも甘いも嚙み分《わ》けた人のほうが、私は美しいと感じるもの。

だから藍珠にも、そんなふうに生きてほしいのだ。優蘭の言葉の意味を瞬時に理解した藍珠は、溢《あふ》れんばかりの笑みを浮かべて頷《うなず》いた。

「お願い、します……！」

その言葉を聞き、優蘭はようやく口を開く決心をする。

「……これはあくまで推測です。ですが、かなり信ぴょう性の高いものだということだけは、お伝えしておきます」

そう前置きし、優蘭は陽明に語ったときのように指輪の副紋章について説明し、その末に浮かんだ一人の父親候補について話をした。

またその父親が、藍珠の母をどう思っているのか。そのことも含めて調べるつもりだということも伝える。

あまりにも突拍子もない事実に、藍珠は初めこそ驚愕《きょうがく》して震えていたが、しかし段々と落ち着きを取り戻す。

全ての話を聞いた藍珠は、微笑《ほほえ》んだ。

「……ありがとうございます、珀長官。前よりも、自分のことを知ることができたような気がします」

「いえ、これが私の役目ですから」

「……ふふ。それでも、やっぱりありがたいです。あなたはいつだって、わたしたちに向き合って、それでいてちゃんと結果を出してくださる、ので……」

そう言われると、優蘭も悪い気はしない。むしろ最高の褒め言葉だ。

しかし藍珠の言いたいことはどうやら、それだけではないらしい。彼女は優蘭を見ながら、もう一つお願いをしてきた。

「その、珀長官。もう一つお願いが」

「なんでしょうか？」

「……黒髪の鬘《かつら》を、取り寄せてはいただけませんか？」

「……あ……」

「明後日《あさって》、陛下がこちらにいらっしゃるので、黒染めを落とした姿を一番にお見せしたいのですが……一度染めたものを落とすのは、やはり時間がかかります。なので、その間に利用できる鬘が欲しいのです」

その言葉が何を意味するのか、分からない優蘭ではない。

一度目を見開き、しかし今まで以上に笑みをたたえて頷いた。

「もちろんです！　すぐにご用意いたしますね！」

そうして目いっぱい張り切った優蘭は、健美省に戻る前に玉商会へと向かって黒髪の鬘を速攻で買い付け、ついでに髪を洗うのに使える洗い粉から香油まで一式揃《そろ》えて、藍珠に贈った。

香油はもちろん茉莉花《まつりか》だ。

――それから数日後。愛する寵妃《ちょうひ》が自身に心を開いてくれたことをいたく感動する皇帝の姿が、あったとかなかったとか。

どちらにしても。邱藍珠はようやく、大きな第一歩を踏み出したのだった。

そしてこれは余談なのだが。

「ようやく長期休暇から帰っていらっしゃったかと思えば、午後出勤とか……どういう意味なんですか長官!?」

「あーえっと、その……ちょっと色々あって、ね……？」

そんなふうに部下に言い訳を述べる女長官の姿が、あったとかなかったとか。

第五章　夫、杏津帝国へ旅立つ

それからあっという間に月日は過ぎ去り、十二月中旬。杏津帝国《あんつていこく》へと向かう外交使節団が、都から出発する日になった。

そのため、皓月《こうげつ》は早朝から宮廷へ向かうことになっている。となるとこれから約一ヶ月と少し、皓月に会うことはできない。

そういった事情もあり、優蘭《ゆうらん》は皓月の出勤に合わせて早起きをし、一緒に朝餉《あさげ》を食べることにした。

と言っても、朝餉なので豪華ではなく、軽いものだ。しかしかと言って手が込んでいないわけではなく、料理長が丁寧に鶏を煮て出汁《だし》を取って作ったお粥《かゆ》や、白菜の漬け物、塌《トウ》菜《ナ》と豚肉の炒《いた》め物……と言ったものが並べられていた。

その中でも牛肉を唐辛子と花椒《かしょう》と一緒に煮込んだものは、優蘭でも知ってる柊雪州《しゅうせつしゅう》名物の激辛料理だ。

皓月は辛《から》いものが好きなので、あえて作ったのだろう。改めて、皓月は使用人たちに愛されているのだな、と何だか嬉《うれ》しくなった。

そんな料理が輝かんばかりに並ぶ食堂にて顔を合わせた皓月は、優蘭のことを心配そうに見つめている。

「別に寝ていても構わないのですよ？　お疲れでしょう」

「何を言っているんです、ここで見送らずしていつ見送るんですか」

お粥を匙《さじ》ですくいながら、優蘭はそう笑った。一口含めば、優しい鶏の出汁がたっぷり染み出した深い味わいが、口いっぱいに広がる。

生姜《しょうが》や葱《ねぎ》、大蒜《にんにく》といった香味野菜を入れて煮出した鶏出汁にはコクがあり、尚且つとても優しい味がするのだ。

作り方自体は簡単がゆえに、手を抜くと雑味なども出てしまうのだが、珀《はく》家の料理人はその辺りしっかり仕事をするため、いつも本当に美味《おい》しくてほっとするなと優蘭は思った。

それにこれは別に、最後の晩餐《ばんさん》ならぬ最後の朝餉という意味で取るわけではない。むしろ逆、皓月が無事に戦い、帰って来られることを祈って行なう激励の朝餉だ。

香り袋とかお守り的なものを作って渡そうかとも考えたのだけれど……玉《ぎょく》家的にあまりいい意味がないから、やめたのよね……。

玉家、及び玉商会関係で相手の帰還を願って物を贈ると、逆にその相手が帰ってこないなんていう変な曰《いわ》くがある。

嘘《うそ》か本当かは定かではないが昔からそれを守り続けているということもあり、今回もそれに従った形だ。

それに。

「江尚書《こうしょうしょ》にも、勝ってきて頂かなくてはいけませんし」

優蘭たちが都に戻ってきたその日に、皓月は空泉《くうせん》の喧嘩《けんか》を買った。それから今まで、彼らは何かと言葉による殴り合いを笑顔で行なってきたとか。

どちらも一歩たりとも引かない攻防戦に、同じ使節団員たちも最初は萎縮していたらしいが、それが一種の意思伝達方法で決して喧嘩ではないことを知ると、自分たちもその輪に入るようになったらしい。

今ではお互いに意見を交わし合い、切磋琢磨《せっさたくま》し、仲間意識が芽生えるくらいには交流を図れるようになったとか。

……まあ切磋琢磨するにしては、皓月と江尚書の間にある歪《ゆが》みみたいなものが大きすぎる気がするけれど。

それでも、お互いに対して思うところや見習うところがあると感じ、それを糧にしているというのは大変前向きで良《い》いことだと優蘭は思う。

というわけで別に勝ち負けとかがある行事ではないのだが、しかしそれはそれとして色々な意味……主に空泉が予想だにしないことをするか、彼が褒めざるを得ないことなどをして、勝って欲しいわけで。

だから優蘭は言う。

「というわけで、杏津帝国での外交共々勝利報告、待っています」

そう笑顔とともに言い、激辛料理をよそった小皿という名の激励を皓月に差し出せば、彼は目を丸くする。

しかしすぐにそれを受け取り破顔すると、彼は満面の笑みを浮かべて頷いた。

「はい。わたしの愛しい人《奥さん》」

＊

外交使節団出発日の朝。

宮廷前に止められた馬車へと向かう珀皓月の足取りは、いつも以上に軽かった。

それもそのはず。愛《いと》しい妻である優蘭が、わざわざ早起きをしてまで一緒に朝餉を取ってくれたからだ。

彼女自身、珠麻王国《じゅまおうこく》から戻ってきてやることが多くて大変だろうに。それなのに、皓月のために時間を作ってくれた。

それだけでも十二分に嬉しいのに、さらには激励まで受けてしまった。

天にも昇る心地、というのはこういうことを指すのだろう。

されど、その浮かれを外に漏らすほど皓月も落ちぶれてはいない。むしろいつも以上に冷静沈着を演じた。

見送りに名だたる高位の官吏が出てきている辺り、今回の使節団がどれだけ期待されているのかが分かるというものだろう。

そしてそれは、彼らが皓月——次期最上位官吏筆頭候補がどんな動きをするのかを注目している、という意味でもある。

ただもちろんというべきか。その中に優蘭の姿はない。

『後宮にいる妃嬪《ひひん》たちの美容と健康の管理』という役目を与えられた彼女は、政治的な立場に身を置きながらも、そこから一歩引いた立場にいるということは、この場の誰もが知ることだからだ。

その絶妙な中間的位置にいるからこそ、優蘭は後宮の妃嬪たちを何より優先させるし、できる。

そしてそれこそが、皇帝が望んだ立ち位置だ。

しかしそれを寂しくは思わない。優蘭がここへ来たところで、彼女が人前で妻らしく行動することなど、ありはしないからだ。

なんてことを考えてしまう辺り、皓月も朝餉の一件でだいぶ浮かれているらしい。

そう自覚した皓月は、改めて気を引き締めるべく深呼吸をしてから、自分が利用する馬車に乗り込む。

でないと、後々自分自身の精神力に大きく影響を及ぼすことを、皓月は既に知っていたからだ。

すると、既に中にいた江空泉が、笑顔で出迎えてくれる。

「おはようございます、珀右丞相《うじょうしょう》。おや、朝から機嫌が良いようで何よりです。ご自宅で何かありましたか？」

「おはようございます、江尚書。そちらこそ、機嫌が良いですね。初めて向かう国はそんなにも楽しいですか？　今日中に到着はしませんから、幼子のようにはしゃいで大切な日に体調を崩す、といったことがないようにお願いしますね」

「ははは。これは手厳しいですね」

開口一番、人の私生活に触れるようなことを言ってきたのですから、これくらいの反撃があるのは当たり前でしょう。

そう思いながら。

皓月は向かい側に座る天敵に向けて笑みを送ったのだった。

そう。皓月が乗る馬車の同乗者は、江空泉だ。

行き帰りで二十日間ほど、この男と馬車内という小さく閉鎖的な空間で二人きりにしならなければならない。

優蘭が知れば、信じられないものを見るような顔をして皓月に山のような胃薬を持たせた上で、「皇帝に直談判《じかだんぱん》してきます」などと言いそうだが、その実、皓月はそこまでそれを苦痛に思っていなかった。

その理由は三つ。

一つ目は、皓月が空泉に対してこれっぽっちも遠慮していないからだ。

それは、先ほどのやりとりを見ていても分かるだろう。

不躾《ぶしつけ》に仕事外の話を引き出そうとしてきたのであれば、それ以上の嫌みを込めて特大の球を投げ返すし、仕事上での意見交換ならなおのこと、容赦なく行なう。

普段、自分に課していた役割とは真逆のことを空泉とはしている。そのため最初のうちはためらうこともあったが、それが驚くほど楽だということに気づいてからは胸の支《つか》えがおり、自分の意見を口にするようになった。

二つ目は、不本意ではあるが空泉という存在そのものが非常に優れているからだ。

そのため、一緒にいて話をするだけで十二分に勉強になるし、つい狭まりがちな自分の視野が広がっていく。

それは今の……優蘭のことを何よりも守りたくて支えたくて仕方のない皓月にとって、不本意ながら必要なものだ。

そう、不本意ではあるが必要なので、皓月はこの機会に空泉からそれを盗むことにしている。

そして三つ目。これも大変不本意ではあるが……空泉の価値観には、皓月と似通った部分が多々あるからだった。

同族嫌悪——主に優蘭関係で興味を示す点に関してはそれが発動するが、それ以外の仕事面に関しては大変思考が似通っていて、むしろ話が合う。

それもあり、仕事面に関してのみで言うのであれば、皓月と空泉の相性自体は悪くないのだった。

否、むしろ大変良いので、会話のやりとりをしていてもこちらが思考している際に抜かした経過を向こうが勝手に補足してくれたり、向こうが思考を飛ばしたことで説明不足になったことを皓月が補足したり、などができる。

そういった点もあり、仕事仲間としてはこれ以上にないくらいやりやすいのが江空泉という人間だった。

そういうこともあり、皓月は空泉との時間をさほど苦痛には感じていないのだ。

「そういえば珀夫人は、今回の杏津帝国行きをどう思われているのですか？」

……………会話の中でこうして、優蘭に関しての話を絡めなければ、だが。

動き始めた馬車の中、空泉は書類から目を離さないままそう聞いてきた。

それに対し皓月が取った行動は、面倒臭いので無言を通す、である。

なんといっても、この手の話題に関して、空泉は別に回答を求めていないことが分かったからだ。

というより、皓月に揺さぶりをかけて、どんな反応をするのか楽しんでいる、とでもいうべきだろうか。

もちろん優蘭のことは気に入っているので、あわよくば情報の一つでも、という気持ちはあるようなのだが、それ以上に期待しているのが皓月が動揺したり不機嫌になったりすることのようなので、聞かなかったことにして流すか、別の話題に切り替えるというのが正解だと学んだ。

そしてそれに満足しているような表情を見せることもなんとなく分かってきたため、皓月は改めて「この方、性格が大変悪いですね」と思う。

優蘭のときもそうだったが、この江空泉という男は自分の口から相手に原理の説明や助言、工夫などを口にするのではなく、こちらがそれに気づくように仕向ける、という正直言って非効率的なことを行ない、自身の気に入った部下を育てようとする上司なのだ。

性格がひねくれすぎていて、その辺りの思考に関しては少し、いやだいぶ、かなり理解できないが、個人の趣向なのだろうなと考えるのを諦めた。

それよりも今回の外交で重要なのは、杏津帝国との関係改善をどのようにして図るかだ。

そしてそのために、杏津帝国の文化にどれくらい適応し、どれほど知れるか、だろう。

——黎暉大国《れいきたいこく》は少し前まで、周辺諸国から見れば一番力の強い国だった。

それもあり、多少の傲慢さや横暴さなどは向こうが許容してくれていたし、他国の人間が黎暉大国入りする場合は、黎暉大国民同様に漢字での名前が必要になってくる。

夏頃に黎暉大国へやってきた杏津帝国の使節団員が、全員黎暉大国流の名前を名乗り、衣も黎暉大国流のものを着ていたのは、そのためだ。

ただ名前に関しては、文化圏が違いすぎるため発音そのものが違う、というのはあるが。

珠麻王国に関しては、国そのものがその辺りに寛容な上に、多言語を使えることが最低限の嗜《たしな》み、というような文化の国なので、名乗るときは自国で使われていたものをそのまま使うので構わないとされている。なのでかなり特殊な国と言えよう。

しかし今回はこの逆。黎暉大国から杏津帝国へ向かう。となると、こちらも誠意を見せるために、最低でも同じことをしなければならないわけで。

そういう事情もあり、皓月たち使節団は一度、国境沿いの街で諸々《もろもろ》の検査を受けた上で、向こうが用意した服に着替えて別の名を名乗ることになっている。

また、国境を越えれば杏津帝国語で話さなければならない。

杏津帝国外交使節団との交流が進んだこともあり、その辺りの学習も夏頃から進めてはいたが……どちらにせよ、黎暉大国側から杏津帝国に派遣する外交使節団に、不安要素が多いのは事実だった。

もちろん優蘭が皓月に託した『邱藍珠《きゅうらんじゅ》の父親の情報を集めること』と『その父親と思《おぼ》しき杏津帝国皇帝がどのような人物で、今は亡き藍珠の母親に対してどんな感情を抱いているのか』を調べ確認することは、確定事項だ。

それでいて空泉のほうは、魅音《みおん》に直《じか》に会って彼女の考えや思考、またそれ以外にどれくらいの情報を持っているのか、といった揺さぶりをかけるつもりでいるようだ。

確かに実際顔を合わせたほうが、相手の真意は読み解きやすい。

同時に、あれだけ信ぴょう性があると言っておきながらなんだかんだと疑いを持っている辺りが、大変空泉らしいなとも苦笑した。

ただどちらにせよ、皓月たちが舐《な》められないようにしなければならない。

何より、杏津帝国のように見せかけの団長ではないということを示す必要が、皓月にはあるのだ。責任は重大と言えよう。

……ひとまず、国境沿いまで無事に着くことを願いましょう。

そう思いながら。

皓月は資料を読みつつ、空泉からの問いかけに答えたり、こちらから問いかけたり、優蘭の件を聞かれ受け流したり……ということをして、数日間にわたる移動の旅を過ごしたのだった。

＊

雪を考慮した上での予定組みだったこともあり、馬車は問題なく黎暉大国と杏津帝国の国境沿いの街に到着した。

皓月たちはひとまず、領主である貴族の家に泊まることになっている。

そうして自身に与えられた部屋へ向かった皓月は、扉を開けた瞬間寛《くつろ》いでいた先客を見て、思わず目が点になった。

「お、来たな。皓月」

「いや、何ここが自分の部屋ですよ、という顔して居座っているのですか……慶木《けいぼく》」

あまりにも自然にそこにいるから、皓月は一瞬、この屋敷《やしき》が郭《かく》家ゆかりのものだったかと疑ってしまった。

とりあえずばれないように手早く扉を閉めたが、慶木はけろっとした顔をしている。

「何、下手に後で待ち合わせをしよう、などというより、お前が確実にいる場所で待ち受けていた方が、手間が少ないだろう」

「……まさかとは思いますが、窓から入ってきたりなどはしていませんよね？」

「そのまさかだが？」

犯罪者と同義なことをしているのに、何故《なぜ》こんなにも偉そうなのだろうか。皓月は思わず半目になる。

しかし慶木がこんな手段をとったこと自体は理解できる。なんせ皓月と慶木は敵対関係を取っている派閥でありながら、次期当主という立場だ。そんな二人が密会をしているところを見られれば、今までの苦労が水の泡になるからだ。

かといって、今の時期は雪が積もっているため、下手に足跡が残りやすい。つまり外で密会しようにも、ばれる可能性が高くなるのだ。

何より外で密会となると、いささか時期が悪すぎる。それなら皓月が確実にくるという保証がされている、皓月に与えられた部屋で待つ、というのは、割と正しいと思う。

もちろん、窓から無断で入ってきていなければ、だが。

しかし本題はそこではないため、皓月はそこに関して追及することなく、口を開く。

「それで。あなたがそうまでしてここにきた理由は、なんですか?」

こう言ってはなんだが、慶木は割と忙しくしている。何故かというと、皇帝である劉《りゅう》亮《りょう》の警護もしつつ、自身の妻である紅儷《こうれい》の元へ赴き手伝ったり、紅儷が得た情報を陽明《ようめい》に伝達したりしているからだ。

情報交換なら鷹《たか》を使った方法が一番早くて確実なのだが、ただ鷹が何かの手違いで撃ち落とされたときなどは、逆に機密漏洩《ろうえい》になる。そのため、今回はできるだけ慶木を通した情報共有がなされているのだった。

持ち前の身軽さと乗馬技術、体力……といった要素でなんとかしているとはいえ、なかなかの苦行だろう。

それでも慶木がここにいるのには理由がある。皓月にはその確信があった。

その予想に違わず、慶木は腕を組んだ状態のまま頷《うなず》く。

「何。紅儷経由で、少し杏津帝国皇帝の母親の生家……アインホルン家について調べてもらったんだ」

「…………っ！」

今一番知りたい情報が転がり込んできた。

皓月はわずかばかり瞠目《どうもく》したが、直《す》ぐに笑みを浮かべて自身も椅子に座る。

「それで。一体何が分かったのでしょう？」

そう問えば、慶木がにやりと口端を持ち上げた。

「皇太子が国境沿いにいた時期が分かった」

それは、皓月が何より欲している情報だった。

――『杏津帝国との外交問題』、そして『邱藍珠の父親問題』双方に言えることなのだが、今回の件で何より苦戦したのはやはり、情報の少なさだった。

というのも、今まで敵対関係にあったゆえに交流がほぼなく、尚且《なおか》つ顔立ちからほぼ確実に出身国がばれてしまうため、間諜《かんちょう》を送ることもできなかったのが双方の関係だったのだ。

そのため、今回かき集めた情報も夏頃から始めた杏津帝国との外交で得た情報と、珠麻王国経由で得た情報、また和宮皇国《かずのみやこうこく》からほぼ脅しのような形で吐かせた情報だけ。

情報の鮮度もそうだが他者視点からの判断なので、やはりどうしても実際に見聞きし対面で得られる情報とは、雲泥の差が出てくる。

その中でも特に皓月が困っていたのは、杏津帝国側の国境沿いの街を治めるアインホルン家の情報だった。

というのも、黎暉大国側には当時の皇太子が国境沿いで軍人として働いていた、なんていう情報はない。

つまり、皇太子が国境沿いに来ていたのは極秘裏か、もしくはなんらかの事情があって伏せられていた、という形なのだろう。

なのに今回、その街に立ち寄ることがない。

なので情報を集めようにも関係者との接触ができない上に、下手につつくと杏津帝国皇帝の母親の生家ということもあり、大変扱いが難しいのだ。

かといって、皇帝に揺さぶりをかけるためには必要な情報だった、というのが今回の悩みの種だったのだが。

どうやらそこを、慶木の妻であり優蘭の友人である紅儷が解決してくれたらしい。

慶木は半ば自慢げに、口を開いた。

「この辺りの若者は何かとお互いに交流し合っているようでな、最近は自国の歴史や文化についても話すらしい。もちろん、親たちが話す武勇伝なんかもそれだ」

「それで？」

「急《せ》かすな急かすな。……まあ何が言いたいのかは分かっただろうが、当時国防に従事していた軍人を親に持つ子どもたちが、どうやら皇太子らしき人物と交流があったらしくてな。ここにいたおおよその時期が把握できた、というわけだ」

「その『皇太子らしき人物』が、皇太子である可能性は、どれくらいでしょう」

そう問えば、慶木は皓月を見る。

「……ほぼ間違いない、というのが向こうの見立てのようだ。アインホルン家の人間が丁重に扱っていたらしいし、瞳の色も藍色。顔立ちも皇后陛下に似ている。またどんなに服装を変えて隠そうとも、品位というのは滲《にじ》み出《で》る」

「なるほど」

「何より、使う剣術の型が基本に忠実だったことから、都で育ったのだろうと結論づけたようだぞ」

剣術を含めた武術系には、各流派や師によって独特の違いや型が存在する。

その中でも割と如実に出やすいのが、実戦用と儀礼用……つまり人を殺すことを想定したものか、そうでないかの違いだった。

やはり実戦用の型というのは、相手の急所や弱点を狙うことが多いため、一つ一つの殺傷能力が高く、鋭いものだ。つまり、良くも悪くも飾らないものが多い。

一方で儀礼用、また教本通りの型というのは、綺麗《きれい》ではあるがやはり実戦で使うとなると柔軟性に欠ける。

そして国境沿いにいる民族の特徴である藍色の目という点を押さえているのに、型通りの剣術……確かに皇太子だと推測したこと自体は、間違いではないのだろう。

「それを加味した上で、邱充媛《じゅうえん》の年齢から逆算すると……まあ国境沿いに皇太子がいた時期と子が腹に宿ったであろう時期とピッタリ一致するわけだ。どうだ？　貴殿が欲しがっていた情報だろう？」

「……ええ、慶木。これでより確実に、杏津帝国皇帝に揺さぶりをかけられます。郭夫人に感謝の意をお伝えしたいですね」

「……いや、わたしは？　わたしへの感謝はないのかっ？」

「ふふふ。ご自身の胸に手を当てて、よくよくお考えになったほうが良いですよ」

「なん、だと……」

「あ、お早めのお帰りをお願いしますね。せっかく互いに仲が悪い演技をしているのに、内通していることを気づかれてしまっては元も子もありませんから」

「……なんというか貴殿は、江尚書といる時間が増えてから、容赦のなさが増していないか……？」

ぴしりと、皓月の笑顔に亀裂が走った。

考え自体は似ているし、諸々《もろもろ》似ている部分があるという自覚はしているが、それを他人から指摘されるのと自分で認めるのとは、大きな違いがある。

要は、まだ奥底にある誇りとか悔しさというのを、皓月自身が捨てきれていないのだ。

そこを指摘されたため、皓月の中の何かが音を立てて切れた。

この男は相変わらず的確に、人が嫌だと思っている部分を指摘してくる。しかも特に本人に煽《あお》る気がないというのだから、タチが悪い。

それさえなければもう少し感謝してもよいと思っていたのだが、今のでわずかばかり残っていた感謝の気持ちさえ消し飛んだ。

そしてきっとこういう部分が、奥方を怒らせる理由の一つなのだろうな、と皓月はしみじみ思いつつ。

問答無用で、慶木を窓から寒空の下に叩《たた》き出《だ》したのだった。

＊

皓月たち黎暉大国外交使節団は無事、入国審査を終え、杏津帝国の土地に足を踏み入れることになった。

ただいつもの衣とは違い、今回は杏津帝国で使われている洋服なるものを身にまとっている。

今まで自分たちが着てきたものの中で最も近い形状をしている物を挙げるのであれば、武官が着るような動きやすい服装だろうか。

ただそれよりも首元が詰まっていて少し息苦しく、何より腕にゆとりがない、というのが杏津帝国の衣に対する皓月の第一印象だった。

また布沓《ぬのぐつ》を利用することが多い黎暉大国とは違い、杏津帝国の履物は革製だった。そのため足に馴染《なじ》むまでに時間がかかるという話を、皓月は事前に聞いていた。

着方などを学ぶために既に数回身にまとったことがある服だったが、やはり違和感はぬぐえない。しかし杏津帝国との仲を深めるため、また杏津帝国の風土に溶け込むために、これは必要不可欠なことだった。

また皓月の名前も、杏津帝国では『クリメンス』、空泉《ここ》は『アドラー』となる。

いよいよですね……。

皓月は改めて、気を引き締めた。

そうして完全に杏津帝国の文化にならった黎暉大国外交使節団がこれから向かうのは、国境沿いの中でも一番近い位置にある『シュネー城』だ。

杏津帝国側が首都ではなく、この一番辺境に近い場所にある城に黎暉大国外交使節団を通したのは、もちろん雪故に移動が厳しいからという理由もあるが、それ以上に『そちらが都にこちらの外交使節団を通していないのだから、こちらも同じ態度を取る』といったことなのだろうと、皓月は判断している。

それを差し引いたとしても、元敵対国の人間をいきなり首都に招くほうがどうかしていると思う。危機管理がなっていないというのもあるが、一番は国民感情を考えていないというのと、貴族たちからの反発による派閥争いの激化が進みそうだ、という点だ。

それもあり、向こうの姿勢に関しては安心する。

ただ明らかに歓迎していない空気を醸し出している国民からの反応を見る限り、やはり溝は深いなと皓月は思った。

というより、どこの国も警戒するときの目や表情などは変わらないものなのですね。

そんなふうに思いながらも、馬車は目的地へ向かって進む。

今回の外交拠点である『シュネー城』は大変立派な城だった。

杏津帝国語で『雪』を意味するらしいその城は、その名の通り雪のように白い石造りの建物だった。

何より、黎暉大国の城とは違い、横に広いのではなく縦に高い構造をしている。そのため黎暉大国にいたときから見えていたが、近づくとよりその大きさが分かる。

そうして到着した城の城内玄関《エントランスホール》は、見事な広さだった。

真ん中に青の絨毯《じゅうたん》が敷かれ、上に設置された大きな硝子《ガラス》窓からは光が射し込んでいる。

そして真ん中には横幅の広い階段があり、二股に分かれ弧を描く形で上へと続いていた。

壁に取り付けられた燭台《しょくだい》には火が灯《とも》されているため明るいが、石造りということもありひんやりとした空気が体に刺さる。

外気ほどではないが、それでも白い息が漏れるくらいには寒かった。毛皮の外套《コート》がなければ、今頃寒さで凍えていただろう。

そんな中出迎えてくれたのは、杏津帝国外交使節団団長である王《おう》魅音――こと、フリーデ。そして。

『……ようこそ、我が国へ。歓迎する』

杏津帝国皇帝――エルベアトだった。

少し癖のある栗色《くりいろ》の髪に、藍色の瞳を持った美丈夫。それが、皓月が抱いた第一印象だった。

杏津帝国民ということもあり彫りが深く、全体的にすらりとしている。かっちりとした服を身に包んでいるのと、本人の表情がまったく変わらないという点もあり冷たい印象を受けるが、たれ目がちな眼差《まなざ》しはどことなく、藍珠を彷彿《ほうふつ》とさせる。

一応、面影はあるようですね……。

そのことを瞬時に確認しつつ、皓月は笑みを浮かべる。

『初めまして、皇帝陛下。わたしが今回の使節団における団長です。この場においてはクリメンスという名をいただいております。この度は、新年の祝宴にお招きいただきありがとうございます』

『こちらこそご足労いただき感謝する』

杏津帝国流の挨拶として互いに握手を交わす。その後、空泉も軽く自己紹介をして同じように握手をしてから、エルベアトは先導してくれる。

『このような場所で立ち話もなんだ、移動しよう』

そんなやりとりを経て、一同は一階の客間に案内された。

客間には暖炉があり、既に火が入れられ暖められていた。ぱちぱちという薪が爆《は》ぜる音が響く。外が寒かったこともあり、団員たちはどことなく安堵《あんど》した空気を漂わせていた。

もちろん、そんな中でも空泉はいつもと変わらぬ笑みを浮かべていたが。

この方の精神力はいったいどうなっているのでしょう……。

そう若干引きつつも、しかしこれくらいでないと、今の黎暉大国は周辺諸国との関係を築けていけないだろう。そうも思うので、やはり劉亮と陽明の采配は正しかったように思う。

外套《コート》を脱いで使用人に渡し、ようやく腰を落ち着けたところで、軽い談笑の時間となった。

といってもここで特にする話はなく、本当に談笑程度になる。そんな中気にかかるのは、ただでさえ空気も同然だった魅音《フリーデ》が、エルベアトの登場で本格的に空気と化してしまった点だろう。

元々気が弱いようで縮こまっていることが多い彼女は、エルベアトという存在感も華々しさも段違いな人間の横に立っているせいか、余計に畏縮してしまっている。何より周囲もそれを気に留めず、完全に外野のように扱っているのが皓月の印象に残った。

『部屋のほうは調えてあるので、今日はゆっくりと休んでくれ』

そんなエルベアトの言葉により各々部屋に案内された黎暉大国使節団たち。

そんな中、皓月と空泉は部下たちに荷解《にほど》きやら準備やらを任せて、一度二人で集まり話をすることにした。

「江尚書。公女のほうはどう思いますか？」

「どう……と言われますと反応に困りますが……俯《うつむ》かれるので表情が見にくいのが難点ですね。周囲に人がいる状態ですとほぼ間違いなく、空気になりますし。できれば一度、体面で話をしたいところです」

魅音《フリーデ》に対しての散々な評価だが、最初からこの二人には『冷遇されているようで可哀想《かわいそう》だから』という同情心で動く気などさらさらない。

そもそも、皓月は優蘭以外の女性に対しての興味関心が極端に薄い。何より、少しでも気を許すとこちらにすり寄ってくることを知っているため、優蘭と結婚してからはむしろ警戒しているほうだった。

空泉に至っては「優秀かどうか」「使えるかどうか」で人を判断するため、まったくといっていいほど魅音《フリーデ》の『不憫《ふびん》な身の上話』というものに関心がない。

そういう意味では、同情を買ったうえで協力を申し入れたかったであろう魅音は相手が悪かったと言えるだろう。

改めて方針を固めた皓月と空泉は、互いに視線を交わすと一つ頷《うなず》く。

「それでは、予定通りに」

「ええ。互いの役目を果たしましょう」

＊

今回の外交における皓月の真の目的は、『皇帝エルベアトの気を引くことを行ない、彼と一対一で対話をする』こと。

そして空泉の真の目的は、『公女フリーデと密《ひそ》かに会う約束を取り付け、彼女の真意を探る』ことだ。

といっても、そういうことが気軽に起きるほど互いに信頼関係は築けていない。なので新年を挟んだ今回の外交日程で、ある程度の当たりをつけて最初の接触を試みようと考えていた。

まず、空泉。こちらは外交三日目の夜から四日目――年を越えてもなお行なわれる新年の宴《うたげ》。その中でも男女が一組になって踊る……という舞踏会にて、空泉が直接公女と話をする、というもの。

普通であればこの文化、価値観の違いにより赤面を強いられる。なんせ黎暉大国では結婚もしていない男女、しかもほぼ初対面同士がここまで接触する機会など、ないに等しいのだから。

だがしかし、こちらは正直、空泉に任せておけばなんら問題ない。というより、それができないほど江空泉という男は色恋に興味がない。というより、「自身が気に入った人」と「恋愛感情」が一緒になっているきらいがある。

皓月が何かと空泉に警戒する理由は、そこである。

その興味関心を向ける相手が優蘭ではなければよかったのですが……。

そう思いつつも、会議などをしているうちにあっという間に時間は過ぎ——杏津帝国は、新年を迎えたのだった。

＊

新年会。

それはその名の通り、新年に開かれる催事だ。

黎暉大国であれば実家に帰省して、親族間のみで宴を開いたり、家族との時間を過ごしたりすることが習慣となっているが、杏津帝国の場合少し様相が異なる。

それは、家門を支える人間が血族ではないという点だ。

中心となって治めている家門と、それに付き従い支えることで恩恵を受けている家門。その両方が存在し、分家という概念ではないものの存在が重要になってくる。その辺りが、大本を辿《たど》れば祖先が一緒だという黎暉大国の貴族とは大きく違う点だろう。

そのため、新年会を構成する面々も、親族だけでなく従えている家門も含めて招待することになる。つまり、そこで自分たちの家門の権威を見せつけつつ、家門同士の駆け引きも行なう。それもあり、政治的側面が強い場となっているようだ。

……もちろん、黎暉大国の新年会も別に、和気藹々《わきあいあい》としているばかりではありませんけどね。

お家事情というのは、想像よりもずっと面倒臭く泥沼になりやすいものだ。珀家は一夫一妻が基本なのでまだましなほうだが、他貴族の場合、一夫多妻制ゆえに熾烈《しれつ》な争いが繰り広げられるらしい。

そんな黎暉大国の事情はさておき、今は杏津帝国の新年会である。

ここでの新年会は、ちょうど年をまたぐ前日の深夜から、年をまたいだ翌日の朝まで開かれるものだとか。それもあり、皓月たちは黎暉大国外交使節団として、新年前日の夜に会場入りを果たした。

新年会の会場である大広間は、きらびやかに飾り付けられていた。

高い天井からは巨大な王冠のような形をした飾電灯《シャンデリア》が吊《つ》り下《さ》げられ、なん十本もの蠟燭《ろうそく》に灯された明かりで会場を照らしている。

天井同様、大きな窓硝子もピカピカに磨かれて、明かりを反射していた。

冬ということもあり花こそ飾られていなかったが、代わりに布で形作られた造花があちこちに飾られ、会場を彩る。大理石の床にも塵《ちり》一つなく、歩くたびに革靴の踵《かかと》がこつりこつりと音を立てた。

どうやら楽団を呼んでいるらしく、楽器を持った面々が広間の隅に集まり、演奏している。黎暉大国の楽器とは形状も音も違うそれは、大広間が石造りということもあってか会場によく響いた。

開放感あふれる会場だが、その中でも目に付くのはやはり、新年会に参加している面々の衣装であろう。

色とりどりな女性礼装《ドレス》が花のように裾を揺らし、燕尾服《えんびふく》を着た紳士たちがそんな女性たちの手を取って入場する。

穏健派ばかりを集めた会だというので、虞淵《ハルトヴィン》や神美《クリスティーナ》は敢《あ》えて外されている。

実際、杏津帝国皇帝が直々に参加しているこの状況では、必要のない人員だった。そのため、この中で過激派に所属しているのは魅音《フリーデ》くらいだろう。

また、本来であれば男女揃《そろ》って参加するのがしきたりだというが、今回は黎暉大国側の外交使節団もいるということで、その辺りは割と自由になっているそうだ。

そのせいなのか。はたまた別の要因があるのか。妙齢のご令嬢が多い気がした。

その上で、皓月や空泉といった黎暉大国側の主要人物たちに、親からの紹介という形ですり寄ってくる令嬢たちを見て、皓月はすべてを悟る。

どうやら、あわよくば気にいられて妻に、という腹積もりらしい。もしくは、皓月たちが目をかけた人間を、黎暉大国皇帝たる劉亮に紹介してくれる、とでも思っているのか。

そしてこれはどちらかというと、黎暉大国を恐れてというわけではなく、杏津帝国皇帝が望む行動をいち早く取って、気に入られたいという思惑があるように見えますね。

事実、結婚を和平の証《あかし》として行なう国は多いし、黎暉大国と杏津帝国の間にある軋轢《あつれき》を考えれば、それが一番手っ取り早い方法である。その上で外交を大々的に行なえば、周辺諸国に仲の良さを主張することもできるだろう。

まあ、たとえどういう意図があれ、皓月の態度は一向に変わらないのだが。

優蘭以外を愛する気も、正妻どころか妾《めかけ》を取る気もありませんし……主上に至っては、ご自身で選びたがるでしょうしね……。

というわけで適度に冷めた態度を取ってまるで羊の群れのように集まる令嬢たちをいなしつつ、皓月はちらりと空泉に視線を向けた。

すると、いつの間に抜け出したのか。先ほどまでは皓月同様、令嬢たちの群れに囲まれていたというのに、空泉が大広間の真ん中へ移動している。そして「本当に黎暉大国民なのか？」と思わず疑問視してしまうほど自然な仕草で、壁の花と化していた魅音《フリーデ》を社交舞踏に誘っている。

色々な意味で尊敬しますね……。

目的を完遂させるためならば手段も選ばない。

何より、それによって魅音《フリーデ》側が周囲にどんな目で見られるのか──といった配慮もない辺りに、皓月は感心した。

しかしそのおかげで空泉は目的を達成するようなので、皓月がこれ以上新年会で気を揉《も》む必要はないだろう。

そう思った皓月は、葡萄酒《ぶどうしゅ》の入った酒杯《グラス》を傾けながら、それを遠目から見守ったのだった。

ちょうどそのとき、音楽が変わる──

＊

『どうかお嬢さん、わたしと一緒に踊ってはくださいませんか？』

そう言いながら、江空泉は杏津帝国の紳士ですらごく一部しかできないような優雅な動作で、魅音《フリーデ》を社交舞踏に誘った。

ほぼ飾りのようなものとはいえ杏津帝国側の外交使節団団長としての立場があっても、魅音《フリーデ》にとってここは敵対派閥の巣窟だ。だから居心地悪そうに壁の花になっていたのだが、まさか声をかけられるとは思っていなかったらしい。

手を差し伸べられた魅音《フリーデ》は虚を突かれたような顔をした後、空泉の顔と手を二度見した。

『あ、えっと、あ、の……』

『だめでしょうか？』

『い、いえ、そのようなことは……！』

そう言い、魅音《フリーデ》は躊躇《ためら》いながらも手を取った。

空泉は内心、笑みを深める。

かかりましたね。

魅音《フリーデ》が手を取った時点で、空泉の目的の九割はほぼほぼ完了したも同然だった。あとは踊りつつ話をするだけなのだから。

そして話を始めてしまえば、そこは空泉の独壇場《どくだんじょう》と化す。それくらい、空泉は自身の弁舌に自信があった。それは、今まで積み上げてきた故に培われた自信だ。

だから空泉は、率先して他国の言語を学び覚えることにしている。

そもそも対話に必要なのは言語であり、対話すらできない状況では、自身の力は何も役に立たないと分かっているからだ。黎暉大国の外交を担う関係もあり、その情熱は劉亮だけでなく陽明も認めるものだった。

何より社交舞踏というのはいい。体を密着させることもあり、相手が何に反応するのかが丸分かりだからだ。杏津帝国との外交を進めていくのであれば、今後とも積極的に取り入れていきたい戦法である。

そんな空泉が十割の確信をもって問題ないと言わなかったのは、自身が魅音《フリーデ》という公女についてあまり多く知らなかったためだ。

この世には、どれだけ用意していたとしても盤面を覆すだけの強力な駒というのが存在する。

空泉にとってそれは、優蘭のような人だった。

この手の人間は、とても厄介だ。なんせ、こちら側が今までしてきた準備が全て水泡と帰すからだ。しかしそれが味方で、使い方さえ間違えなければ、これ以上ないくらい頼りになる。

そして空泉は、魅音《フリーデ》がその強力な駒である可能性を含めて、彼女に接触するつもりだった。

残りの一割の懸念点は、そこだ。もし本当にそうなのであれば、それは黎暉大国にとっての致命傷になる。だからこそ、空泉は危険を承知で魅音《フリーデ》との接触を図ったのだった。

……とまあ色々と理由を述べてはいるものの、本音を言うのであればむしろそうなって欲しいと空泉は思っている。

それくらい、予想外というものは楽しいのだ。それはもう、やみつきになるくらいに。

だからこそ、空泉は割と魅音《フリーデ》との会話を楽しみにしていたのだが。

――踊り始めて早々、空泉は落胆していた。

というのも。

ガッ。

『あ、す、すみま、』

ガッ！

『あ……そ、の……』

踊り始めて早々、魅音《フリーデ》が空泉の足を踏みまくっていたからだ。

『いえ、お気になさらず』

なんてことはないというように振る舞いつつ、空泉は魅音《フリーデ》に注視する。

踊ること自体、得意ではないのだろう。体に力が入っている。つまり、緊張しているということだ。

演技かとも考えたが、どうやら男性と触れ合うこと自体慣れていないらしい。頬も赤く、汗をかいている。空泉が支えている手には無駄な力が入っていた。それは、肩や腕といった露出部分から見える筋肉の緊張具合から見ても明らかだった。

黎暉大国にやってきたときは何かと武官たちにすり寄っていたという話だったが、それが嘘《うそ》のような態度の差だ。

もしこれを演技で行《おこ》なっているのであれば、別の意味で尊敬できる。が、さすがの空泉もそれを見間違えるほど、経験不足ではなかった。

つまり優蘭の言う通り、とてもではないが亡命など考えらえる度胸のある人物ではない、ということだ。

それさえ分かってしまえば、揺さぶり方も自《おの》ずと決まる。

『……いただいた情報、なかなか興味深かったです』

ガッと。空泉の足に魅音《フリーデ》の踵がめり込んだ。

それを気合で受け流しながら、空泉は笑みを浮かべる。余裕のある笑みは相手に安心感を与えることが多い。しかしときには、相手に威圧感を強く与える武器にもなるのだ。

『驚きました。あの情報を一体、どのようにして手に入れられたのですか？』

『そ、それは……亡命させてくださるのであれば、お教えします』

『そうですか……でしたら、どうして亡命をなさりたいと思ったのですか？』

話の主導権を渡さないまま、空泉は話を続ける。踊りながらの会話なので、魅音《フリーデ》が体を強張《こわば》らせたことは瞬時に分かった。

『そ、の……この国にいるのが、息苦しくて……』

『そうですか。――そんなあなたがあれほどの情報を得られるなんて、不思議ですね』

ぐんっと。魅音《フリーデ》が体勢を崩した。

空泉が体を支えていたため事なきを得たが、今にも崩れ落ちそうなくらいぶるぶると震えている。どうやら、まさか疑われるとは思っていなかったようだ。

それに対しても笑顔を崩さないまま、空泉は魅音《フリーデ》の手を取って社交舞踏の輪から抜けた。

その間にも、耳元で囁《ささや》く。

『本当に国から出たいだけならば、亡命なんて手段を取らずとも、黎暉大国に嫁がせてくれと頼むだけでよいはず』

『……っ』

『それでも敢えて亡命という話にしたのは……わたしたちに、杏津帝国の情報を渡して信用させたかったからでしょうか？　共倒れを狙って？』

そこまで話した瞬間、魅音《フリーデ》は空泉の手を振り払った。

『あ……』

やってしまった、と思ったのだろう。魅音《フリーデ》は顔を青くすると、空泉から逃げるように大広間から逃亡する。

その様子を見ていた他の貴族たちは、こそこそと噂《うわさ》をするだけで誰も彼女を気にかけようとはしていなかった。敵対派閥の巣窟なのだから、当たり前だろう。

ふむ。やはり、彼女はただの駒ですね。

それも、神美《クリスティーナ》の駒だろう。となると、虞淵《ハルトヴィン》のほうも駒の一つかもしれない。

親子揃って悪女に捕まってしまうというのは、一体どんな不幸だろうか。

そんなことよりも……問題なのは、王公女が切り捨てられる可能性を考えなければならないことでしょうか。

あの様子を見るに、魅音《フリーデ》はそこそこの情報をまだ持っているはずだ。しかしこのまま虞淵《ハルトヴィン》たちの元に帰せば間違いなく、なんらかの理由で殺されるだろう。使えなくなった駒を生かしておくような人格の人間ではなさそうだったから。

しかしそうなると、困るのは黎暉大国側だ。せっかく摑《つか》んだ証拠に繫《つな》がる人物が、消えてしまう。

となると……珀右丞《うじょう》相《しょう》と情報共有をして、杏津帝国皇帝に進言していただくのが最善でしょうね。

魅音《フリーデ》は望んでいた人物ではなかったが、その黒幕はなかなか歯ごたえがありそうだ。それならば、相手にとって不足はない。

さて。また忙しくなりそうです。

そう思い、空泉は口端を吊り上げたのだった。

＊

空泉と魅音《フリーデ》が踊り、最終的に彼女が大広間から逃げ出したところまでを見ていた皓月は、空泉が目的を果たしたことを悟った。

というのも、空泉がとてもいい笑顔をしていたからだ。

最近、江尚書が何を考えているのか、表情で大体分かるようになってきたのが、なんとも言えないですね……。

優蘭も劉亮の思考を理解するたびに苦悩していたが、きっと恐らく同じ気持ちだったのだろうな、と皓月は考える。そして、左手の薬指にはまった指輪をそっと撫《な》でた。

この結婚指輪は、皓月と優蘭を結ぶ唯一のよすがだ。

そしてそれは何よりも、皓月の心を奮い立たせてくれる。

……江尚書に負けてはいられませんね。

ただ空泉と違い、皓月のほうが、皇帝と接触するのが難しいであろうことは容易に分かることだった。

なんせ、相手は一国の主君。皇帝だ。周りを警備や側近で固めていないわけがなかった。

それは、この新年会の場を見ても分かる。

皓月とて、劉亮に不用意に近づいてくる外交使節団団員がいれば、即刻間に割って入り警戒をするだろう。とてもではないが、藍珠の出生の話――黎暉大国にとっても杏津帝国にとっても諸刃《もろは》の剣となる可能性を多分に含んだ話――をする隙はない。

なら、どうすればいいのか。その答えは、杏津帝国にくる前に導き出されていた。

皓月は空泉を交えて何度も考え、様々な案を出しては没にし――その末に、とても単純だが確実な方法を思いついたのだ。

そう、要は。

偶然を装えばいいのである。

――皓月がそれを仕掛けたのは、外交五日目――新年会を終えたこともあり、幾分か静けさを取り戻した日の昼だった。

なぜ敢《あ》えてこの日にしたのかといえば、廊下の人通りが少なくなったためだ。

新年会前だと準備に追われる使用人たちが多いため、廊下を通れば大抵、使用人たちがいたのだ。

何より新年会までは警備もより厳重で、どことなくぴりぴりとした雰囲気を漂わせていた。それは、それだけ杏津帝国側が新年会に力を入れていたということだろう。

その上で、やはり大きな宴《うたげ》の後というのは、気が抜けやすい。

つまり、何か事を起こすにはうってつけの時機なのだ。

〝それ〟を落とす時機もかなり見計らい、用意したものも完璧であったという自負がある。

ここまで行なってもなお向こう側からの接触がないようであれば、こちらから強制接触という名の窓から侵入――杏津帝国にくる前の国境沿いで慶木がとった行動と同じことを起こすところだったのだが。

どうやら、運命の女神は皓月に微笑《ほほえ》んだらしい。

その日の夜遅く、皓月の部屋に一人の男が訪ねてきた――

栗色《くりいろ》の髪に藍色の瞳をした男――エルベアトは、ひどく厳しい眼差《まなざ》しで皓月の向かい側に座っていた。

装飾品を多くつけ、その上連日豪華かつ凝った服装のものばかりを着ていた彼が、襯衣《シャツ》と下服《ズボン》のみの装いで現れたところを見るに、彼が忍んでここへ来たことは皓月でなくても理解できるだろう。

エルベアトはいつになく険しい顔をして、皓月に向かって手巾《ハンカチ》を見せる。

『これは、君のものだな』

確信をもって告げられる。が、その通りだ。皓月は笑って頷《うなず》いた。

『ありがとうございます、陛下。捜しておりましたので、とても助かりました』

その手巾は別に、なんら特別なものではない。値段も貴族が買うならありがちな値段で、無地のものである。

しかし他の手巾と圧倒的に違う点は、その手巾に施された刺繡《ししゅう》だった。

赤と藍。

二つの糸で刺繡されたのは、針葉樹を背負い、一角獣に冠がのった独特な図案だった。

――そう。藍珠が持っていた指輪に描かれていた副紋章だ。

それだけでも十分すぎる伏線だが、今回は敢えて赤と藍の糸で刺繍を施してある。これを意味が分かるものが見れば一目で分かる……そんな仕様にしたのだ。

その上で、刺繍の下にはご丁寧に『クリメンス』という文字が縫われている。

皓月はそれを敢えて、エルベアトが通ろうとしていた廊下に落としたのだ。

使用人が拾っていれば、そのまま皓月に届けていただろう。

他の人間に関しても、同じ。

しかしエルベアトがこれを拾えば、きっと皓月のもとへ自分から足を運んでくれるだろうと、思っていたのだ。

――もしもエルベアトが、覚えているのなら。

そしてその予想違わず。エルベアトは自分から皓月のもとへやってきた。そのことに、大変喜びを感じる。

皓月が内心大喜びをしている一方で、エルベアトがはっきりとこちらを警戒しているのが分かった。

『君が捜していたのはこの手巾《ハンカチ》ではなく、わたし自身であろう』

『……なんのことでしょうか』

図星だったが、皓月はまずしらばっくれる。最初から馬鹿正直に説明をしても、解決しないことは多々あるからだ。誠実なだけでは、決してやっていけないので。

それに焦《じ》らしたほうが、相手を揺さぶれるという利点もある。そういうのは、エルベアトのようにあまり表情を動かさない人間から感情を引き出すために、かなり有効となる手段だ。

特にそれが大切なものであればあるほど、揺さぶることに意味がある。

そしてそれは正しかったらしい。憎々しげな眼差しを向け、エルベアトは這《は》うような声音で告げた。

『黎暉大国の宰相は、そんなに死に急いでいるのか?』

『まさか。ですが……こちらとしても、かなり危ない橋を渡っている自覚がある、とだけは申しておきます』

先ほどとは一変、顔から笑みを外し、いつも通りの真剣な顔で告げる皓月。それを見たエルベアトは、皓月の雰囲気が変わったことを瞬時に理解して少しばかり怒気を緩めた。

彼はふう、と息を吐きながら口を開く。

『……聞こう。ならば何故《なぜ》、このようなことをした』

『陛下が、この色と図案を見たときの反応が知りたかったからです。この副紋章に描かれた指輪を贈った方のことを、陛下が今どのように想《おも》っていらっしゃるのか……それが分かりませんでしたので』

ただ、ここまでむきになるということはつまり、今もなお想っているからなのだろう。少なくとも皓月にはそう見えた。

なぜか。

――それは、その瞳に独特の熱を感じたからだ。

皓月も今現在、彼と同じ感情……愛を抱いている。だから分かるのだ。エルベアトがどれほどまでに、この副紋章が描かれた指輪を渡した相手を想っていたのかが。

もう、駆け引きは必要ないでしょう。

そう感じた皓月は、首から下げていた袋付きの紐《ひも》を引っ張り上げた。

そして袋から一つの指輪を取り出す。それをエルベアトに向けてみせれば、彼は大きく目を見開き、唇をわななかせた。

無表情かつ厳格な姿勢を貫いてきた彼が、こうもはっきり顔色を変えるとは。

そのことに驚きながらも、皓月は口を開いた。

『これは、とある方が母君の遺品として大切に持っていた指輪です』

『い、ひん……？　しかも、母親というのは……！』

エルベアトが混乱していたが、皓月は彼が落ち着くのを待ってから再度言葉を述べた。

『その女性は、赤い髪に、藍色の目を持っています』

『……ッッ!!』

『これだけお伝えすれば、その女性が一体誰との間にできた子どもなのか……陛下もお分かりになるでしょう』

エルベアトがぐっと色々なものをこらえるのを、皓月は笑うことなく見つめる。

今必要なのは、真摯さだ。そしてそのときに必要な態度と声音は、全て優蘭から教えてもらったものである。なので、実践するのはたやすい。

だから皓月は、エルベアトが次の言葉を述べるまで、ただ黙って待っていた。

数秒か、それとも数分だったか。

永遠にも感じる静寂。

それを破ったのは、エルベアトだ。

『……その子は、どのような縁で君と知り合ったのだ』

『彼女は、我が君主の寵妃《ちょうひ》であられます』

『……そう、か……』

噛《か》み締《し》めるようにそう告げ、エルベアトは黙って皓月を睨《にら》む。

『……で？　その情報をわたしに伝えるために、こうも手の込んだことをしたのは、一体何故だ。わたしを脅すためか？』

『いえ、我々は決して、領地拡大による支配も戦争による蹂躙《じゅうりん》も望んではいません。むしろ逆です』

『逆？』

『戦争が起こらないように、止めていただきたいのです』

何を言っているのか分からない、といった顔をするエルベアトに、皓月は一から経緯を説明した。

皇弟《おうてい》の愛妾《あいしょう》である神美《クリスティーナ》と藍珠――エルベアトの娘が知り合いだということ。

皇弟と愛妾が、黎暉大国と杏津帝国、その双方を再びぶつけ合おうとしていること。

そしてたちが悪いことに、その双方が疲弊したところを、珠麻王国の王族と貴族たちが攻め入り、いいとこどりをしようとしていること。それらを伝える。決して自分は偽っていないのだと、伝えながら。

それら全てを聞いたエルベアトは、眉を一層ひそめる。

『……根拠があると？』

『少なくとも、神美《クリスティーナ》が珠麻王国の人間に接触を図った、という証拠は出ています。どのような方法で行なうのかについては、分かっていませんが』

そこで皓月は、新年会の折に空泉が教えてくれた情報を口にすることにした。

『ただ、そのカギを握っている人物は知っております』

『誰だ』

『公女です。彼女は、黎暉大国に亡命する代わりに、杏津帝国の情報を売るという取引を持ち掛けてきました』

『……あのフリーデがか？』

『はい。十中八九、神美《クリスティーナ》の指示でしょう』

皓月はそう言うと、証拠である文をエルベアトに見せる。

それを全て読んだエルベアトは、少し考える素振りを見せた。それから皓月を見る。

『……ここまでの証拠があり、そこまで言うのであれば、世迷言《よまいごと》ではないのだろう。しかしこちらも、それを調査するのに時間がかかる。返答には少し時間をくれ』

『分かりました。ですが、公女様に関しては、保護されたほうがよろしいかと』

『……切り捨てようとする、というわけか』

『仰《おっしゃ》る通りです。また春頃に戦争が起きるように、と彼らは調整をしているそうです。猶予はあまりないということだけは、どうかご理解ください』

『分かっている』

それだけ言い残し、エルベアトは手にしていた手巾を置いて部屋から出て行った。

それを確認した皓月は、詰めていた息を吐き出す。

「ひとまず、わたしの目的は達成ですね……」

何より、このまま上手《うま》くいけば戦争を回避できそうだという点に安堵《あんど》の息が漏れる。

「優蘭……わたし、頑張りましたよ」

ここにいない妻の名を口にし、皓月は少しだけ目を閉じた。するとどこからともなく現れた優蘭が、満面の笑みで言う。

『やりましたね！　皓月』

会いたい。

会って抱き締めたい。

そんな気持ちが強くなる。

それができないことだと分かっていながらも、でも今だけは。

そう思いながら、皓月は愛おしい妻への想いを噛み締めた。

＊

珀皓月が自身の目的を果たした、それと同時刻。

王魅音――フリーデは、私室で混乱し、動揺していた。

それは何故か。

簡単である。自身が心から慕うクリスティーナから与えられた作戦が失敗に終わったからだ。

せっかく……せっかくクリスティーナ様から与えられたお役目だったのに……！

クリスティーナがフリーデに与えたお役目は『黎暉大国の人間に取り入り、内部をかき乱すこと』だった。

だからこそ、嫁ぐなどという時間がかかる手段はとらず、亡命という形で杏津帝国の情報を渡して混乱させる道を選んだのだった。

それなのに。

「これじゃあ、あの方のお役に立てない……！」

フリーデにはもう、クリスティーナしかいないのだ。

——クリスティーナ。彼女は父の愛妾という立場でありながら、フリーデに優しく接してくれた唯一の存在だ。

フリーデは生まれたときから、両親ともに疎まれていた。政略結婚な上に両親の仲が最悪で、特に父親であるハルトヴィンはことさら、フリーデを厭《いと》うたからだ。

だからなのか。母親も家に寄りつかなくなり、最終的には流行《はや》り病でこの世を去った。

フリーデはその瞬間、本格的に家庭内での存在を消されたのだった。

そんな中現れたクリスティーナという存在は、父からの愛を一身に受ける存在だった。

初めのうちはそれが憎くて憎くてたまらなかったが、しかし気づいたのだ。彼女がハルトヴィンから暴力を振るわれているということを。

その瞬間、フリーデの中に同族意識が芽生えた。

それはクリスティーナも同じだったようで、二人は次第に仲良くなり、フリーデはこの世でただ一人愛情を注いでくれた存在に依存したのだった。

──そこからは、落ちるようだった。

世界全てが、クリスティーナから与えられる知識で染まっていく。

父の前では冷遇してくるのも、フリーデのことを守るためだと言われればそうなのだと納得した。

むしろ二人きりのときだけ優しく甘やかしてくれるクリスティーナに、フリーデはより依存していったのだ。その瞬間が何より特別で、そして父すら知らないということに優越感を覚えたから。

そのことに、フリーデが違和感を抱くことはなかった。それを教えてくれる人間はおらず、近くにいた使用人たちも皆、クリスティーナのことを慕っていたからだ。

だから。

『ねえ、フリーデ。この世界を、わたくしと一緒に正しく導きましょう？』

そう言われたとき、フリーデは一も二もなく飛びついた。クリスティーナはフリーデの神様だったからだ。

だから、隣国などという居心地が悪い場所にも行って、好きでもない殿方に媚《こび》を売り、独りぼっちを耐えていたのに。

この新年会という名の敵地にも、文句一つ言わずに居続けているというのに。

「まさか、あんな人に気づかれるなんて……！」

そう思った瞬間、フリーデの頭に空泉の顔が浮かんだ。

『どうかお嬢さん、わたしと一緒に踊ってはくださいませんか？』

そう言われた瞬間、フリーデは心臓が止まるかと思った。

あんなにも丁寧に誘ってくれた殿方など、今まで一人もいなかったからだ。まるで、物語の中にいるお姫様にでもなった気分だった。

それ故に、胸がときめいてしまったのだ。

それに……あれだけ踏んづけてしまったのに、文句も言わなかったわ……。

素敵な人。歳《とし》は父に近いくらいだったが、それでも綺麗《きれい》だったと、フリーデは思って、ハッとする。

「ち、ちがう……わたしは、クリスティーナ様がいれば十分なんだから……！」

だから。

フリーデはこれから、あることをしなければならない。

もしも作戦が黎暉大国の人間にばれてしまったときに、とクリスティーナが渡してくれたものがあるのだ。

ドレスのポケットから小さな小瓶を取り出したフリーデは、その中に入った液体を見てふう、と息を吐く。

「クリスティーナ様はもしものことがあった際、これをできる限り多くの目がある中で飲みなさいって言っていたわ……」

そのときに注意することは、中身をグラスに注いだ後、小瓶は必ず、どこかに捨てること。

そうすれば、すべて上手くいくらしい。

中身がなんなのかは知る由もなかったが、クリスティーナがくれたものなのだから疑う必要すらなかった。そして注意点が何を意味するのか、疑うわけもなかった。

そうね……飲むなら、外交最終日の晩餐会《ばんさん》のときかしら。

新年会後、黎暉大国外交使節団と、杏津帝国の外交担当者たちが一堂に集う唯一の場だ。もちろん、フリーデも呼ばれている。お飾りとして、だが。

「そのときに、これを飲めば……」

きっと、クリスティーナはよくやったと褒めてくれるだろう。だって、自身の失態を自分自身で挽回して帰ってきたのだから。

クリスティーナから褒められる瞬間は、どの逢瀬《おうせ》よりも格別に甘いものだった。それをもう一度味わえるのであれば、フリーデはなんでもする。

「待っていてください、クリスティーナ様……」

そう呟《つぶや》き祈るように小瓶を掲げてから、フリーデはそれに口づけを落としたのだった。

＊

外交七日目、最終日の夜。

皓月たちは、晩餐会に呼ばれていた。

端から端までどれほどあるのかという長い卓《テーブル》が置かれた食堂で、黎暉大国外交使節団と杏津帝国の外交担当者――そして魅音《フリーデ》とエルベアトが一堂に会する。

その場につきながら、珀皓月は密《ひそ》かに息を吐き出した。

この晩餐会が無事に終われば、ようやく帰路につけますね……。

そしてそれは皓月にとって、何よりの幸福でもある。愛《いと》しい妻に会うことができるのだから。

というより、何の因果かは知らないが、優蘭と新年を迎えたことがないのが、皓月にとっての不満の一つになっている。

ですが今年であれば、まだ一緒の時間を過ごせそうですね。

少なくとも、去年のように離れ離れなんていうことはないだろう。

そう思いながら、皓月は比較的和気藹々《わきあいあい》とした晩餐会の時間を過ごしていた。

――そのはず、なのに。

晩餐会も半ばといった頃。それは起きた。

『こ、公女さま……!?』

ぼたぼたと、魅音《フリーデ》の口から赤いものが零《こぼ》れ落《お》ちる。

血。

口から吐血した魅音《フリーデ》がかしいでいくのを、皓月は向かいの席から見ていた。

『食器に触れるな！　そして全員下がれ、現状保存だ！』

そう、エルベアトが鋭く告げる声が、食堂に響き渡る。

エルベアトの言葉に反射的に応え、席を立ち壁際まで寄ったのはいいが、頭が真っ白になる。

これ、は。

完全に、してやられた。暗殺だ。

そう思ったのは皓月だけではなかったようで、となりにいた空泉も苦い顔をしている。

彼がそのような顔をする瞬間を、皓月は初めて見た。

どちらにしても、皓月たちに現状できることはない。むしろこれは、非常にまずい展開だった。

戦争の火種となる、とてもとても悪い、展開。

そしてその日、エルベアト皇帝によって、今再びの国境閉鎖が言い渡され。
皓月たちは重要参考人として、シュネー城にて軟禁されることとなったのだ——

間章二　とある悪女の執念

杏津帝国《あんっていこく》の首都にあるハルトヴィンの邸宅にて。

降りしきる雪を窓越しに眺めながら、金髪碧眼《へきがん》の美女――クリスティーナは妖艶に微笑《ほほえ》んだ。

白くくすぶる視界の先には何も見えないが、晴れていればシュネー城がここからでも見えていたことだろう。

何故《なぜ》クリスティーナが笑みを浮かべているのかというと、それは至極簡単。本来の目的が達成されたからだ。

そう。黎暉大国《れいきたいこく》の外交使節団を、杏津帝国に招く、という目的が。

実のところ、クリスティーナがフリーデに〝お願い〟して亡命を願い出させ、杏津帝国の情報を横流しさせたことは、この目的を達成させるためのただの餌に過ぎない。

だってあんな情報を渡したら、真偽を確かめたくなるものでしょう？

その上、渡した情報は全て事実だ。しかし杏津帝国と黎暉大国の関係上、その全てを調べるためには実際に現地へ赴かなければならない。情報を容易《たやす》く調べられる関係の国同士ではないためだ。

そしてそのためには、黎暉大国が外交使節団を組んでやってくるのが一番確実。

クリスティーナの思惑は見事当たり、黎暉大国は今まで渋っていた外交使節団をこちらへ送るという理想的な流れとなった。

そこまでくれば、あとは簡単だ。問題を起こしてしまえばいい。それも、開かれていた国交が封鎖されるほどの問題が。

いくつか準備はしていたが、クリスティーナの予想が正しければ、これから起きる問題は『公女毒殺事件』だろう。

何故かと言えば、黎暉大国側の外交担当者たちが皆、曲者揃《くせものぞろ》いだったからだ。

正直言って、あの面々に詰め寄られれば、フリーデはあっさりぼろを出すことだろう。

それくらい、箱入り娘なのだ。男性経験はおろか、両親に愛されたことすらない。愛と呼べるものを与えていたのは、クリスティーナくらいだ。

それが本当に〝愛〟だったかは、フリーデは知らないだろうが。

純粋無垢《むく》。それでいて盲目的。

そういった人間は、とても動かしやすい。

だからクリスティーナは、もしも何かあったときは渡した小瓶の中身を飲むように言ったのだ。

フリーデは、それが毒だということにすら気づかないだろう。

「本当に、可愛《かわい》らしくて……どこまでも可哀想《かわいそう》な子」

しかしきっと、自分が利用されたことすら気づかずに旅立てたことだろう。それは何よりの救いだと、クリスティーナは思っている。

少なくとも、この世界の醜い部分を見続けているよりは、よっぽど。

「それにしても……因果なものね」

そう呟き、クリスティーナは笑った。思わず漏れてしまったというような、儚《はかな》い笑みだ。

そんな彼女の頭には、黎暉大国の美しい右丞相《うじょうしょう》――珀皓月《はくこうげつ》の姿が浮かんでいる。

六年前、黎暉大国と珠麻王国《じゅまおうこく》間で敢《あ》えて小競り合いを起こし、戦争を起こそうとしたときにも、皓月は関係していた。そして状況は、現在ととても似通っているだろう。

戦争の火種が起きたときに敵対国にいた故に、人質になってしまった人。

しかし前回は未遂で終わったが、今回は間違いなく成功するはず。

「きっと、運命というものなのでしょうね。あなたは、戦争に巻き込まれて死ぬ運命なのよ、珀右丞相」

クリスティーナは、個人を恨んだりはしない。代わりに、自分に苦痛を与える人間たちを生み出した世界を恨む。

だから皓月のことを哀れだとは思うが、それ以上の興味はなかった。

だって、胡神美《クリスティーナ》が唯一心を許して、そして執着する相手は、いつだって〝彼女〟だけ。

赤い髪に、藍《あお》い瞳のあなた。

「ねえ、藍珠《らんじゅ》。わたくし、あなたに分かるくらい大きな大きな花火を上げたわ。きっとあなたなら、気づいてくれるわよね？」

そしてきっと、黎暉大国の内部を後宮から崩壊させてくれる。だって藍珠は、黎暉大国皇帝の寵妃《ちょうひ》なのだから。

そうして中も外も等しく壊れたとき、胡神美《クリスティーナ》はようやく救われる。

「全て壊れたとき、あなたは一緒に逝ってくれるわよね？──藍珠」

真っ白な世界を見つめながら。

壊れた悪女はそう言い、嗤《わら》ったのだった。

終章　妻、言葉を失う

新年明けてから、早一週間。

黎暉大国《れいきたいこく》、都・陵苑《りょうえん》にて。

珀優蘭《はくゆうらん》は今日から正月休みをもらい、屋敷《やしき》でのんびりとした時間を過ごしていた。

「はー。さむ……」

暇すぎて庭に出てみたものの、いかんせん寒い。そのため、肩掛けをかき抱き、はーと自身の手に息を吹きかけて冷えた指先を温めた。白い息が立ち上り、すうっと空気に溶け込んでいく。

何故この時期なのかというと、上手《うま》くいけば杏津帝国《あんつていこく》から戻ってきた皓月《こうげつ》と一緒に遅めの新年の休暇をすごせるだろうと、陽明《ようめい》が配慮してくれたからだ。

本当に、あの方が上司で本当に良かったわ……。

皇帝に関しては上司というよりも雇用主という感じなので、そもそも人として尊敬する必要がない、という結論に至った。そのため、皇族としては尊敬するだけにとどめることにしている。

そんなことはさておき。

雪景色を楽しむだけ楽しんだ優蘭は、手を合わせながら居間へと足を運んだ。すると侍女頭である湘雲《しょううん》が、お茶の準備をしている。

「あ、梅の蜜煮入りの緑茶ですね」

「はい。足湯のご用意もございますが、いかがなさいますか？」

「使います」

「かしこまりました」

至れり尽くせり、というのはこのことである。

ちなみに足湯以外もひざ掛けやらお香やら何やらで「全力で優蘭を休ませる！」といった感じなので、珀家の使用人たちには本当に頭が上がらないとつくづく思った。

まあそれだけ、皆さんも皓月のことを心配しているってことなんでしょうけれど……。

優蘭が新年でも仕事を入れたのは、皓月の安否が気になりすぎて、それだけで思考が塗りつぶされないようにするためだった。

こういってはなんだが、優蘭は何か行動していたほうが余計なことを考えずに済む性質の人間である。なので敢えて仕事を入れて、妃嬪《ひひん》たちを楽しませつつ、ゆったり過ごしてもらうという企画を立てた。

ついでに言うのであれば、部下たちに休みを取らせ、自分は仕事を入れるつもりだった。

そんなことをしていたら、まあこうして陽明に心配される形で休暇を入れられてしまったのだが。

でも、仕方ないじゃない……上司が休まないと部下が休めないなんていう、至極まっとうなことを杜左丞相《ときさじょうしょう》に言われてしまったのだから……。

「けど……一人でこの屋敷にいても、寂しいだけだから……」

無人の居間で思わず呟《つぶや》き、優蘭ははあ、とため息を漏らした。

普段であれば、向かい側かとなりに皓月がいるというのに、それがない。

たったそれだけのことなのに、優蘭はいつも以上に寂しさを感じてしまっていた。

私も末期ね。

昔は、異国の地でたった一人になったとしても、ここまでの寂しさは感じなかったのに。

どうやらすっかり、皓月の存在が当たり前になってしまったようだ。

「でも、皓月ですもの。絶対に無事に帰ってきてくれるはずだわ」

そう自分に言い聞かせるように告げ、優蘭は少しぬるくなってしまった梅の蜜煮入り緑茶の茶杯を手に持ったときだった。

湘雲が血相を変えて、居間に飛び込んできたのは。

優蘭は目を丸くする。

「ど、どうしたのですか、湘雲」

「奥様……大変です。旦那様が……」

旦那様方が、王《おう》公女毒殺疑惑をかけられ、杏津帝国に軟禁されているそうです。

──カシャーン。

優蘭の手から茶杯が滑り落ち、床に落ちる。

そうして真っ二つに割れた杯から、大振りの梅がごろりと、転がり落ちた──

あとがき

お久しぶりです、しきみです。後宮妃の管理人シリーズ、とうとう八巻となりました。

今巻は割と語れることが少ないこと。また次巻で本編は完結なので、詳しい言及はそちらに持ち越そうと思います。どうぞよろしくお願いします。

コミックス六巻も、原作八巻と同じタイミングで刊行する予定となっています。

原作ではちょうど三巻、皇帝と明貴《めいき》の関係が好転する部分です。廣本《ひろもと》シヲリ先生による素敵な作画と構成によって、後宮妃の世界がさらに楽しめる作りになっていますので、お楽しみに！

八巻の表紙は、いつもとガラッと雰囲気が変わっています。優蘭《ゆうらん》と皓月《こうげつ》は珠麻《じゅま》王国《おうこく》風の衣装です。色味が大分落ち着いているのですが、レースやフリルが多くて華やかな雰囲気があり、とても可愛《かわい》らしくなっています！

後ろの二人は杏津《あんつ》帝国《ていこく》の虞淵《ぐえん》と神美《じんび》です。こちらは杏津帝国風のドレスっぽい衣装でして、これもまた可愛らしいなと思います。Izumi先生、いつもありがとうございます。

また今回、同じタイミングで新作を出させていただきました！

「髪結い乙女の嫁入り　迎えに来た旦那様と、神様にお仕えします。」という明治大正の和風ファンタジーになります。

今作も、後宮妃の寵臣《ちょうしん》夫婦が好きな方でも楽しめるような忠臣カップルになります。八巻には新作の試し読みもついていますので、ぜひ！

二冊同時刊行をするにあたり、編集様には大変お世話になりました。

いつも好き勝手書かせていただき、ありがとうございます。八巻の空泉《くうせん》が生き生きして見えるのは編集様の感想があったからです。

そして最後に、読者の皆様。

後宮妃をここまで読んでいただき、ありがとうございます。いつも感想など励まされています。後宮妃がここまでこられたのは皆様のおかげです。

寵臣夫婦と後宮、黎暉大国《れいきたいこく》を巡る物語を、最後まで見守っていただけたら幸いです。

それではまた、近いうちにお会いできることを願って。

しきみ彰《あき》

富士見Ｌ文庫

後宮《こうきゅう》妃《きさき》の管理人《かんりにん》 八
～寵臣《ちょうしん》夫婦《ふうふ》は死力《しりょく》を尽《つ》くす～

しきみ彰《あき》

2023年６月15日　初版発行

発行者　山下直久
発　行　株式会社 KADOKAWA
〒102-8177　東京都千代田区富士見２-13-３
電話　0570-002-301（ナビダイヤル）

印刷所　株式会社暁印刷
製本所　本間製本株式会社
装丁者　西村弘美

定価はカバーに表示してあります。

本書の無断複製（コピー、スキャン、デジタル化等）並びに無断複製物の譲渡および配信は、著作権法上での例外を除き禁じられています。また、本書を代行業者等の第三者に依頼して複製する行為は、たとえ個人や家庭内での利用であっても一切認められておりません。

●お問い合わせ
https://www.kadokawa.co.jp/（「お問い合わせ」へお進みください）
※内容によっては、お答えできない場合があります。
※サポートは日本国内のみとさせていただきます。
※Japanese text only

ISBN 978-4-04-074806-1 C0193
©Aki Shikimi 2023　Printed in Japan

富士見ノベル大賞
原稿募集!!

魅力的な登場人物が活躍する
エンタテインメント小説を**募集中!**
大人が**胸はずむ小説**を、
ジャンル問わずお待ちしています。

大賞 賞金**100**万円

入選 賞金**30**万円

佳作 賞金**10**万円

受賞作は富士見L文庫より刊行予定です。

WEBフォームにて応募受付中

応募資格はプロ・アマ不問。
募集要項・締切など詳細は
下記特設サイトよりご確認ください。
https://lbunko.kadokawa.co.jp/award/

主催　株式会社KADOKAWA